수줍은 아이보다
튀는 아이로
키워라!

수줍은 아이보다 **튀는아이** 로 키워라!

초판 1쇄 인쇄_ 2009년 1월 10일 | **초판 1쇄 발행**_ 2009년 1월 15일
지은이_박창수 | **펴낸이**_진성옥 · 오광수 | **공급처**_꿈과희망
디자인 · 편집_김창숙, 박희진 | **마케팅**_김진용, 고우성 | **인쇄**_보련각
주소_서울특별시 용산구 원효로 1가 112-4 디아뜨센트럴 217호
전화_02)2681-2832 | **팩스**_02)943-0935 | **출판등록**_제1-3077호
http://www.dreamnhope.com| e-mail_ jinsungok@empal.com
ISBN_978-89-90790-83-5　03810 | **값** 10,000원
ⓒ Printed in Korea. | ※ 잘못된 책은 바꾸어 드립니다.

똑똑한 아이가 말도 잘한다

발표 잘하는
아이로
키워주는 책

수줍은 아이보다
튀는 아이로
키워라!

박창수 지음

꿈과 희망

발표 잘 하는 아이가 성공 한다

    우리 나라 훈민정음이 세계기록문화유산이 되었다는 사실은 우리들에게 굉장한 자부심을 느끼게 합니다.

    이렇게 아름다운 언어가 있는데도 청소년 여러분은 컴퓨터 언어를 많이 사용하고 있을 거예요. 그러다 보니 청소년들과 어른들 사이에 서로 통하지 않는 말들이 생겨나곤 합니다.

    인간이 처음 지구상에 살기 시작했을 때는 어떤 말을 사용했을까요. 지금의 동물들이 사용하는 소리들과 비슷했을 거란 생각이 듭니다.

    누군가에게 내가 하고 싶은 말을 전달하는 것, 어려울까요 쉬울까요. 요즘처럼 컴퓨터가 있고, TV가 있고, 아무 곳에서나 통화할 수 있는 핸드폰이 있으니까 쉬울 것 같네요.

그런데 의외로 사람들은 서로 말을 이해하지 못해서 의견 충돌이 생기고 심지어 싸움까지 일어난답니다.

왜 그럴까요? 이렇게 멋진 언어가 있는데 왜 사람들은 서로 자기 말만 하고 내 말을 알아듣지 못한다고 하면서 답답해할까요.

그것은 바로 내 생각을 올바르게 전달하지 못했을 뿐만 아니라, 다른 사람의 생각을 이해하려고 하지 않고 나 혼자 내 말만 하기 때문이에요.

이 세상은 수많은 사람들이 어우러져 사는 곳입니다. 그 가운데 세상을 이끌어간 지도자나 영웅들을 살펴보면 다른 사람의 말을 귀담아 듣고 자기 생각이 옳다고 판단했을 때 설득력 있는 말로 사람들에게 자기 생각을 알린다는 사실입니다.

내 꿈은 지도자나 리더가 아니니까 말을 잘 할 필요는 없다고 생각할 수도 있습니다. 그러나 그렇지 않습니다.

소중한 내 꿈을 이루어가기 위해서는 수많은 어려움을 만나게 됩니다. 그 어려움을 극복할 수 있는 방법이 바로 상대방을 이해시키는 말이 될 것입니다.

이제 우리는 신나게 사람들과 만나 어떻게 내 생각을 전달하고 다른 사람의 말을 귀담아 들을 수 있는지 지금 당장 시작해 봅시다.

차례

수줍은 아이보다
튀는 아이로 키워라!

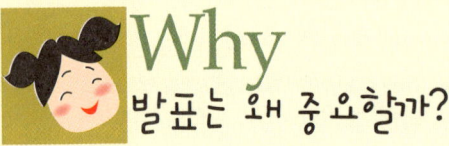

Why
발표는 왜 중요할까?

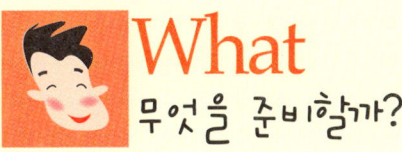

What
무엇을 준비할까?

차례

수줍은 아이보다
튀는 아이로 키워라!

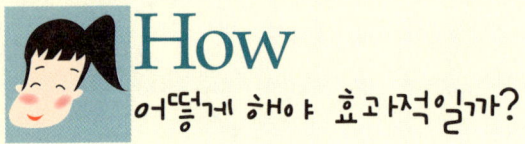

How
어떻게 해야 효과적일까?

부록
화술의 달인들

이제부터 달라져야 한다

　　말한다는 것은 쉬운 일이 아니다. 많이는 아는데 표현을 서툴게 해서 성공하지 못하는 사람들은 많다. 특히 대학입시에서 말하는 기술을 필요로 하는 면접시험이 강하게 요구되는 것이 현실이다. 많이 알아도 말을 제대로 못해서 표현에서는 신통치 못한 평가를 받는 사람들이 늘어나고 있다. 이런 시대 상황에서 10대들에게 〈발표의 기술〉을 펴내게 되어서 다행이다. 표현의 기술은 어린 시절부터 연습하는 것이 좋다. 부모와 자녀 사이, 자녀와 자녀 사이, 학교에서 친구 사이, 선후배 사이에 말을 통해서 자기 표현을 잘하는 기술은 익혀가는 것이 좋다. 가능한한 빨리 시작하는 것이 좋다. 초등학교 때부터 차근차근 습관처럼 익숙해지면 세상을 주름잡는 리더도 될 수 있고 내 꿈도 이룰 수 있게 된다.

　　여러 발표의 현장에서 발표의 기술을 닦으면서 얼마나 다듬을 부분이 많은가를 느끼곤 한다. 발표를 잘하려면 눈높

이를 사람들과 맞춰야 한다. 쉬운 말을 골라야 한다. 텔레비전 카메라를 의식하지 않고 자연스런 제스처를 연기해 줘야 한다. 적절한 유머를 구사해서 긴장감을 풀어 줘야 한다. 나 홀로 내용이 안 되게 하려면 완전히 지식을 소화해야 한다.

발표를 잘하는 것은 쉬운 일이 아니다. 하지만 결코 어려운 일도 아니다. 연습을 하고 습관으로 만들어가면 되는 것이다. 이렇게 훈련이 필요한 것이 발표의 기술이다.

학교 다닐 때 발표를 시킬까 봐 조마 조마했던 기억이 있을 것이다. 오늘이 5일이면 "그래 내가 오번이니 선생님이 나를 지명해서 발표를 하게 할지도 몰라. 선생님의 눈과 마주치지 말아야지……" 이런 생각을 해봤을 것이다.

이제부터는 달라져야 한다. 우리 앞에는 발표할 기회가 많다. 인생의 코스 코스마다 발표의 기술이 너무 많이 필요하다.

이 책이 세상에 나와서 10대 여러분이 이 책을 교과서로 해서 발표의 기술을 익힌다면 여러분은 인생의 항해길에서 자기가 가진 꿈과 희망을 펼쳐가는데 크게 기여할 것이다.

2006.1
(한 번 뿐인 인생 10대에 결정된다, '내생애 가장 행복한 일주일' 저자)
연세대취업정보 부실장 김농주

자신이 갖고 있는 생각이나 의견을 다른 사람에게 전달하는 방법은 여러 가지가 있다. 그중에서도 가장 기본적이고 일상적으로 사용되는 것이 바로 말을 통한 전달이다.

　　　학교, 모임, 가정, 직장 등 어느 곳에서든지 상호의사교환과 지식 및 정보 전달을 위해서 사람들은 대화 또는 발표라는 방법을 사용하게 된다. 하지만 사람마다 전달의 효과는 제각각이다.

why
발표는 왜 중요할까?

어떤 사람들은 자신이 갖고 있는 생각이나 지식을 100% 효과적으로 전달하지만 또 다른 사람들은 50%도 제대로 전달하지 못하기도 한다. 문제는 무엇일까?

그것은 다름 아닌 발표의 기술 차이이다.

발표가 구체적으로 우리 생활에 어떤 영향을 미치는지 알아보자.

나의 생각을
제대로 전달한다

우리의 입은 음식을 먹는 것보다도 더 중요한 말을 하는 기능을 갖고 있다. 자신의 생각이나 의사표현을 말이라는 도구로 전달을 하게 된다.

배가 고플 때는 배가 고프다고 말하고 몸이 아플 때는 몸이 아프다고 말한다. 친구에게 잘못을 했을 때는 미안하다

고 말하고 불만이 있을 때는 그 불만스러운 이유를 말한다. 또 오랫동안 부모에게 혼이 난 후로 가슴에 두고 말하지 못했던 '사랑해요'도 언젠가는 입을 통해서 말한다.

이처럼 우리는 '언어'라는 말을 통해서 자신이 필요한 것을 얻고 자신이 지닌 생각을 알리며 다른 사람들과 대화를 나눈다. 그러나 선천적으로 말을 못하는 장애를 지닌 농아들의 경우 정확한 발음을 내는 말을 할 수 없기에 그들은 언어를 손으로 말을 하는 수화로 대체한다. 농아들에 비하면 말을 할 수 있는 정상인이라는 사실에 감사해야 한다.

하지만 사람들 중에는 자신의 생각을 쉽게 밝히고 표현할 수 있음에도 불구하고 그것들을 제대로 전달하지 못하는 사람들이 있는가 하면 자신의 생각을 아주 쉽고 잘 전달해 주는 사람들도 있다.

이는 지식의 풍부함과 부족함의 차이로 판가름되어지는 것은 결코 아니다. 바로 '발표를 누가 더 잘하느냐'의 차이일 뿐이다.

발표란 넓은 의미로는 어떤 주제를 갖고 그에 대해 구체적인 의견을 제시하거나 자신이 갖고 있는 생각이나 견해를 많은 사람들이 모인 공간에서 밝히는 것이라고 볼 수 있다. 하지만 좁은 의미로는 우리가 일상 생활에서 나누는 대화나 적은 인원이 모인 자리에서 자신의 의사를 표시하거나 전달하는 것 또한 발표라고 할 수 있다.

우리는 발표를 통해 자신의 생활을 펼쳐나가고 보다 자신 있고 폭넓은 삶을 살아가게 된다. 발표를 잘하는 사람은 그렇지 못한 사람에 비해 더 나은 삶을 살아갈 수 있다고도 말할 수 있다.

우리 사회는 자신이 갖고 있는 생각이나 견해를 보다 많은 사람들에게 정확하게 전달하는 과정에서 모든 일들이 이루어지기 때문이다.

예를 들면 대학교수라고 치자. A라는 교수는 발표를 잘하기 때문에 같은 내용을 가르치더라도 학생들에게 보다 효과적으로 전달한다. 때문에 그렇지 못한 교수에 비해 학생들로부터 인기도 높고 학교측으로부터 실력도 제대로 인정받게 된다. 물건을 판매하는 상인 역시 마찬가지다. 자신이 팔고자하는 물건에 대해 고객이 보다 쉽게 그 용도나 가치를 이해할 수 있게 하고 자신 있게 말하면 그렇지 못한 사람에 비해 더 많은 물건을 팔수가 있다. 이처럼 발표란 가정과 학교에서만이 아니라 사회에 나가 직업 활동을 할 때 더욱 중요한 역할을 하게 된다.

발표는 전달하고자하는 내용, 목소리, 말하는 자세, 표

16

정이나 몸짓, 자신감 등 다양한 요소가 결합되어서 이루어진다. 따라서 발표를 잘하기 위해서는 이같은 요소들이 서로 조화를 이루어야 한다.

리더가 되는 명언 한마디 - 1

＊ 서로를 치료하기 위해 우리가 할 수 있는 가장 가치 있는 일은 서로의 이야기에 귀를 기울여 주는 일이다.

– 레베카 폴즈

사람을 잡아끄는 매력이 있다

"와 멋진데……"
"저 아이와 친구했으면 좋겠다."

많은 사람들 앞에 서서 발표를 하면서도 떨리지 않는 목소리로 당당하게 말하는 또래의 어린 친구들을 보면 이런 생

각이 들 것이다. 얼굴이 잘생겼거나 운동을 잘하는 것은 아니지만 자신의 생각을 조리있게 전달하는 모습을 보면 '저 아이는 정말 똑똑한 것 같다' 라는 생각이 들면서 왠지 가깝게 지내고 싶은 마음을 갖게 한다.

바로 남보다 강한 발표력은 다른 사람들로 하여금 매력을 느끼게 하는 것이다.

사람들은 누구나 다 남들이 잘 하지 못하는 것을 잘하는 사람에게 관심을 갖게 된다. 조건 없이 친해지고 싶은 느낌이 들며 상대를 존경하는 마음을 갖게 된다. 말을 잘하는 사람에게는 더욱 그렇다.

친구만이 아니다. 선생님도 마찬가지이다. 같은 수학 계산법을 전달하더라도 재미있고 머릿속에 쏙쏙 들어오게 말하는 선생님이 있는가 하면 무슨 뜻인지 정확하게 이해가 되지 않게 말하는 선생님도 있다. 때문에 가끔씩은 친구들과 이런 대화를 나누기도 한다.

"3학년 때 우리 선생님은 말씀을 너무 잘하셨어. 어려운 수학 문제도 아주 쉽게 알려주시고 선생님의 경험담을 들려줄 때도 귀를 쫑긋 하게 할 만큼 흥미진진하게 하셨지."

"맞아. 그 선생님은 정말 말을 조리있고 재미있게 잘하셨던 것 같아. 지금 담임선생님은 차분하고 인자하시지만 어떤 내용을 전달하실 때는 조금 지루하게 말씀하곤 하시지."

선생님 흉을 보는 건 아니지만 학년을 올라갈 때마다 새로 만나는 선생님들을 만나면서 예전의 선생님과 비교하는 경우는 있기 마련이다.

이처럼 말을 잘하는 사람에 대해서는 같은 입장 같은 조건에 있다 하더라도 보다 후한 점수를 주는 게 사람들의 심리다. 또 말을 잘하는 사람 주변에는 늘 사람들이 몰려든다. 이를 테면 인기가 많은 것이다.

학급에서 반장은 아닐지라도 친구들의 생각을 대변하여 선생님께 제안을 한다거나 어떤 일이 있을 때마다 그 상황에 맞는 의견을 제시하여 친구들을 하나로 뭉치게 하는 역할을 하는 친구가 바로 그 주인공이다.

학교에서든 사회에서든 말을 잘하는 사람은 많은 사람들을 대표하는 역할을 하게 되고 사람들은 그를 통해서 자신들이 하고 싶은 말이나 기대하는 내용을 전달하곤 한다. 그 예로 국회의원이 그런 셈이다.

국민들은 저마다 정부에 하고 싶은 말이나 새롭게 지시하고 싶은 계획이 있다. 국회의원들은 자신이 속해 있는 지역 주민들의 의견이나 생각을 모아서 그것을 보다 체계적이고 정확하게 자료로 만들어 그 내용을 회의할 때 밝히고 정부나 관련 기관에 제출하곤 한다.

그러니 말을 잘하는 사람은 많은 사람들로부터 인기를
얻게 되고 그들을 대변하는 "짱"인 셈이다.

나를 보다 능력 있는 사람으로 만들어 준다

    학교에서 반장인 준혁이는 요즘 거의 일주일째 환경 오염에 대해서 많은 자료를 모으고 있는 중이다. 같은 학년 반장들이 모여서 학교 주변의 환경 오염 문제에 대해 토론을 하기로 했기 때문이다.

    쉽게 생각하면 학교 앞에서 떡볶이를 판매하는 노점상

에 대한 얘기를 하거나 학교 담 옆으로 이어진 지저분한 것들이 그대로 보이는 하수구가 어떤지 살펴보고 그것에 대해 이야기하면 된다. 하지만 함께 토론을 하는 학생들과 토론을 지켜보는 선생님들로부터 발표 능력을 인정받으려면 단순히 어떤 상황을 보고하는 정도로는 안 된다.

자신이 말하고자 하는 문제점을 보다 구체적으로 설명하고 그런 문제점들 때문에 우리 학생들이 어떤 피해를 보게 되는지를 알아내야 하고, 그리고 피해를 미리 예방하려면 어떻게 대처해야 하는지에 대해 생각해서 밝혀야만 한다. 이 때문에 준혁이는 환경 오염에 대한 많은 자료를 보면서 공부를 해야만 하는 것이다.

준혁이의 모습을 보면서 우리는 한 가지를 깨닫게 된다. 발표를 잘 하기 위해서는 많은 공부를 해야 하며 그로써 자신의 능력을 쌓게 된다는 것이다. 또 발표를 잘하여 많은 사람들로부터 인정받게 되면 '발표 잘하는 아이'라는 칭찬을 뛰어넘어 '정말 똑똑하고 능력이 많은 아이'라는 말을 듣게 된다.

말을 잘 하기 위해서는 자신의 생각이나 갖고 있는 자료들을 먼저 잘 정리한 다음 그것을 논리적으로 잘 설명하거나 발표해야 한다. 다시 말하면 말을 잘 하려면 미리 준비를 해야 한다는 것이다.

특별한 주제가 주어진 발표를 할 때는 자료를 준비하고 자신의 생각이나 주장을 함께 말해야 한다. 단순히 머릿속에서 떠오르는 것만 말을 한다면 내용의 깊이가 없고 자기 생각만을 일방적으로 쏟아 놓는 결과가 된다.

따라서 많은 사람들 앞에서 강의를 하거나 자신이 속해 있는 학교나 모임에서 많은 사람들의 마음을 하나로 모으고 자신이 생각하는 쪽으로 이끌어가기 위해서는 그들이 고개를 끄덕일 수 있도록 타당성있는 말로 설득시키고 이해시켜야만 한다. 그러기 위해서는 반드시 발표를 위한 사전 준비를 해야 할 것이다.

일상적인 생활에서 말을 잘 하는 똑똑한 사람으로 인정받고 있는 사람이 있다고 치자. 그의 말솜씨는 하루 아침에 생겨난 것이 아니다.

평소 자신의 생각을 나름대로 정해두는 습관을 지니고 있으며 남보다 간접 체험을 더 많이 하기 위해서는 나름대로 책 읽기에 노력을 했을 것이다.

학생들 중에는 이렇게 자신하는 사람도 있을 것이다.

"나는 발표가 그렇게 중요하다고 생각하지 않아. 국어,

과학, 수학 시험을 잘 치르는 것이 중요해. 공부만 잘하면 발표를 못해도 성공할 수 있거든."

하지만 결코 그렇지 않다. 학생의 신분으로서 공부에만 열중할 때는 학교공부가 무엇보다 중요한 것처럼 보이지만 학자, 사장, 정치인 등 훗날 사회에 나가 직업 활동을 할 때에는 '내가 갖고 있는 지식과 생각을 많은 사람들에게 얼마나 효과적으로 잘 전달할 수 있을까?' 가 매우 중요한 일이 된다.

이 세상은 혼자 사는 세상이 아니기 때문에 사람들과 더불어 살게 된다. 나 혼자 잘 났고 똑똑하다고 해도 사람들이 이해하지 못하고 내 생각을 인정해 주지 않으면 결코 성공할 수 없다.

이뿐만이 아니다. 학교 공부는 누구나 다 하는 공부지만 발표를 위해서 새로운 정보나 자료를 찾고 준비하는 과정에서 우리는 학교에서는 얻을 수 없는 보다 폭넓은 지식과 정보를 얻게 된다.

이제는 정보 시대라고 해도 될 정도로 우리 주변에는 책이나 인터넷 등 수많은 정보를 알려주는 것들이 많이 있다. 중요한 것은 이 모든 것이 우리가 찾아주기를 기다리고 있다는 것이다.

많은 정보를 통해서 나의 지식으로 하나하나 쌓아가고, 책을 통해 지혜를 얻게 되면 우리는 자기가 하고 싶은 일도 해낼 수 있고 그 분야에서 멋진 리더가 될 수 있는 것이다.

결국 다른 사람보다 한 가지라도 더 알게 된다는 것은 그만큼 더 큰 능력을 갖게 되는 일인 것이다.

 리더가 되는 명언 한마디 - 3

* 사람을 움직이는 무기는 입이 아니라 귀다. 대화의 질은 서로 상대의 이야기를 얼마나 잘 들어주는가에 달려 있다.

— 데일 카네기

리더십 강한 사람이 된다

전쟁터에서 수많은 병사들을 지휘 명령하여 승리로 이끈 장군이 있다면 우리는 그에게 '영웅'이라는 칭호를 붙여 준다.

'영웅'! 얼마나 멋진 칭호인가?

현대사회에서는 옛날 유명했던 장군들처럼 영웅이라는 이름을 붙여줄 만한 사람은 쉽게 나타나지 않는다. 대신 굳이 군인이 아닐지라도 어떤 분야에서든지 많은 사람들을 잘 이끌고 통솔하는 사람들을 가리켜 우리는 흔히 '리더십이 강한 사람'이라고 말한다.

　　리더십(Leadership)이란 우리말로 쉽게 풀어보면 지도력, 즉 이끌어가는 힘을 말한다.

　　리더십이 강한 사람이라는 칭찬의 말이 영웅이라는 칭호에 비할 바는 아니지만 리더십이 강하다는 것은 그만큼 능력이 뛰어나고 성공할 가능성이 높은 사람이라는 의미로 여겨지기도 한다.

　　리더십이 강한 사람들. 그들은 많은 사람들을 지휘 통솔하여 더 많은 사람들이 그를 따르게 되므로 다른 사람들에 비해 성공도 빠를 수밖에 없다.

　　예를 들면 정치인, 경영자, 교수, 모든 집단의 최고 책임자, 지위 높은 군인 등은 한결같이 리더십이 강한 사람들이다. 이들은 많은 사람들을 말과 행동으로 움직이게 하는 대표적인 사람들이다.

　　그렇다면 리더십이 강한 사람들은 어떤 장점을 지녔을까?

튼튼한 체력과 용기가 강한 사람이라고 생각하는 사람들도 있고 또 풍부한 지식과 예의를 갖춘 사람 또는 남들이 부러워할 만큼 멋진 외모를 지닌 사람이라는 이들도 있을 것이다. 그러나 체력, 용기, 지식, 외모 등은 리더십이 강한 사람에게 있으면 더 좋은 역할을 하는 부수적인 요소들이다. 무엇보다도 중요한 것은 말하는 능력, 즉 발표력이다.

사람이 사람을 움직이게 하는 것은 어떤 행동이나 돈이 아니다. 상대를 이해시키고 설득시키는 말하는 기술이자 발표의 기술이다.

예를 들어보자. 현수는 학급 반장으로 학교생활에서 30명의 반 아이들을 이끌어야 하는 입장이다. 반 아이들의 의견을 하나로 모아 선생님께 전달하기도 하고 어려운 친구가 있으면 그 사실을 친구들에게 알려 모두가 도와줄 수 있도록 해야 한다.

또 학급 발전을 위해 반 친구들이 함께 힘을 합하거나 노력할 수 있도록 모두 한마음이 되도록 해야 한다. 이런 현수가 수줍음을 너무 많이 타서 반 아이들 앞에서 말을 제대로 못한다면 반장으로서 적합한 사람일까?

반대로 현수의 목소리는 누가 들어도 듣기 좋을 만큼 발음이 정확하며 아이들이 이해할 수 있도록 설득력과 이해력이 풍하다. 또 평소 모범적인 행동과 자세가 돋보여 반 아이들로부터 신뢰를 받고 있기에 현수가 말을 시작하면 모든 아이들이 귀를 기울일 정도다. 이런 현수라면 반장으로서 역할을 잘 해나갈 것이다.

이처럼 발표력이 강한 사람은 많은 사람들 앞에 나서서 그 집단의 대표자가 되어 이끌고 나갈 수 있는 능력을 지닌 사람이 된다.

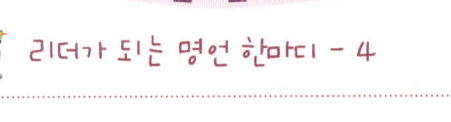

리더가 되는 명언 한마디 - 4

✱ 우리 삶 중에서 가장 영광된 순간은 성공의 날이 아니라, 절망 가운데서도 삶에 도전하려는 힘이 솟아나고 미래엔 그 일이 이루어질 거라고 굳게 믿는 순간에 있다.

– 구스타브 플로베르

이렇게 하자

1. 학교 생활이나 모임에서 적극적인 사람이 되어 보자
2. 반장, 회장 등을 뽑을 때 자신 있게 출사표를 던져라
3. 말을 할 때는 자신감 있는 목소리를 내자.
4. 집이나 학교생활에서 자신이 갖고 있는 생각이나 의견을 적극적으로 표현해라
5. 자신의 주장이나 견해를 당당하게 펼칠 수 있는 논리적인 말솜씨를 기르자

발표는 왜 중요할까

Why

31

지식을 서로 나눈다

요즘 교실에서 일어나는 일 중에 내가 아는 지식을 친구에게 알려주지 않는 것이다.

옆에 있는 친구가 시험을 잘 보면 내가 그만큼 손해를 본다고 생각하기 때문이다.

그러다 보니 친구 사이에 보이지 않는 경계심이 생기고 내 것만 챙기고, 나만 잘 되어야지라는 이기적인 생각들이

강해지고 있다.

내가 알고 있는 지식을 친구들에게 알려준다고 해서 내가 손해본다고 생각하는 것은 어리석은 생각이다.

친구가 어려운 문제 때문에 끙끙 대고 있을 때 도와주면 굉장히 고마워할 뿐만 아니라 나도 공부하는 효과를 갖게 된다. 공부를 잘하는 방법 중에 하나가 바로 옆사람에게 설명하는 것이다. 아무리 외워도 잘 외워지지 않을 때 옆에 있는 친구에게 내가 아는 지식을 설명해 보자. 신기하게도 머리속에 정리가 되면서 쏙쏙 외워지는 것을 경험하게 된다.

지식을 서로 나눈다는 것은 내가 알고 있는 지식을 빼앗기는 것이 아니라 나에게는 좀더 분명하게 지식이 머리속에 자리잡게 되는 것이고, 친구에게는 도움을 주는 일이 된다.

사람들에게 존경받는 위인들을 보자.

나 혼자 유명해지려고 내가 아는 지식을 꽁꽁 숨겨놓은 사람이 위인이 될 수는 없다.

바로 사람들에게 자기가 아는 지식이나 지혜를 발휘하여 사람들이 함께 행복하게 살고 이 세상을 살기 좋은 세상으로 만들려고 노력하는 사람들이다.

친구들에게 내가 아는 지식을 서로 나눠주고, 도와주는 사람이 진정한 리더가 될 수 있지 않을까.

그리고 이렇게 남을 도와줄 수 있는 사람 곁에는 항상 사람들이 모이게 되고 이런 사람이 훌륭한 사람으로 클 수 있는 것이다.

리더가 되는 명언 한마디 - 5

* 부드러운 설득은 강한 위협보다 강하다. 부드러운 설득은 사람을 녹이고 강한 위협은 부수어 버릴 뿐이다.

– 헨리 데이빗 소로

학교든 직장이든
발표는 기본이다

    우리 나라 학교 교실과 서양의 학교 교실을 들여다볼 때 가장 눈에 드러나는 차이점은 무엇일까?

    텔레비전이나 영화에서 서양 학교의 교실을 보면 가장 먼저 눈에 띄는 것은 책상이 타원형으로 놓여져 있다는 것이다.

하지만 대다수의 우리 나라 학교 교실은 네 줄, 여섯 줄로 줄을 이루고 있다. 학급당 학생 수가 20여 명 미만으로 적을 경우 타원형으로 책상을 놓기가 쉬운데 반해 우리처럼 한 학급 인원이 30여 명 이상이 되면 힘들다.

이렇게 학생 수가 많다보니 타원형으로 책상을 놓지 못하고 일렬로 책상을 놓게 되는데 이것은 매우 큰 의미를 지닌다.

선생님이 학생들에게 일방적으로 지식을 전달하는 주입식 교육이냐? 아니면 학생들이 적극 참여하는 토론식 교육이냐? 를 결정짓게 하기 때문이다.

어떤 주제가 있으면 이것에 대해 자신의 생각을 밝히고 서로 의견을 토론하는 토론식 수업은 학생들로 하여금 발표력을 많이 기를 수 있게 해준다는 점에서 매우 바람직한 교육 형태라고 할수 있다.

최근 들어 국내에서도 일부 학교들이 이같은 방식의 수업을 추진하고 있기는 하지만 우리의 교육 현실은 모든 초등학교와 중고등 학교가 토론식 교육을 하기에는 힘든 상황이어서 인원이 적은 대학원에나 가야 토론식 수업이 제대로 이루어진다.

학교를 졸업하고 사회인이 되어 회사에 들어가면 회사

에서는 매일 또는 수시로 '미팅' 또는 회의'로 불리는 자리가 마련된다.

예를 들어 물건을 판매하는 일을 계획하고 지원해 주는 마케팅부서의 직원이라면 하루 판매량은 얼마나 되는지 판매량을 늘리려면 어떤 방법을 사용해야 하는지 또 경쟁회사의 제품에 비해 더 잘 팔리게 하려면 어떤 아이디어를 써야 하는지 등에 대해 서로 의견을 제시하고 토론하게 된다.

대학교와 대학원에서는 앞에서 말한 것처럼 타원형으로 책상이 배치되어 토론식 수업을 하기도 하지만 각자가 연구하고 준비한 내용을 앞에 나와 발표하는 일도 많다. 회사에 들어가면 일과 관련되어 수시로 발표를 하고 회의를 하게 되므로 20세가 넘으면 생활의 많은 부분이 발표로 이어지는 셈이다.

생활이 곧 발표나 마찬가지라고 하니 미리부터 겁을 먹는 학생들도 있을 것이다.

"발표를 하지 않으면 안 되나."

"나는 남들 앞에 서서 말하는 것이 부끄럽고 싫은데……"

발표 때문에 걱정을 할 필요는 없다. 발표를 잘하는 습관은 길러야 하겠지만 발표가 아주 어렵거나 힘든 일만은 아니기 때문이다. 또 발표를 통해 자신의 생각이나 의견을 다른이들에게 전달하고 그것에 대한 다른 사람의 다른 생각이나 견해를 듣는 것은 매우 중요한 일인 동시에 세상을 보다 넓게 바라보고 생각하는 능력을 기르게 된다.

　　이를 테면 '자신의 생각이 최고이며 다른 사람들의 생각은 옳지 않다' 라는 편협된 생각으로부터 벗어나게 해주며 여러 사람과의 의견 교환을 통해 더 많은 지식과 능력을 쌓을 수 있는 것이다.

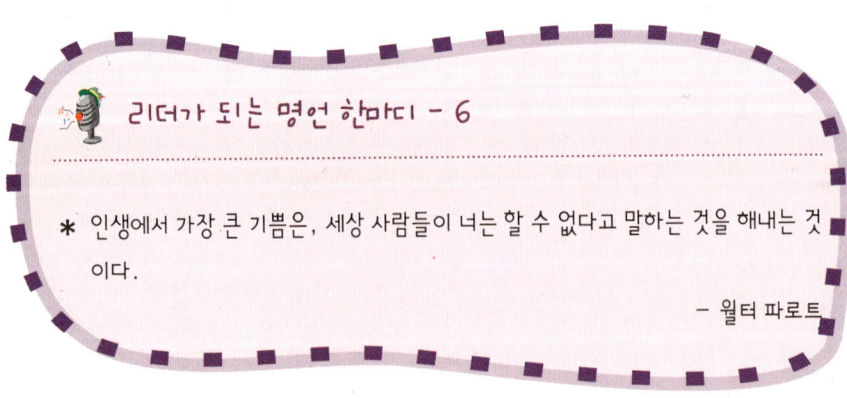

리더가 되는 명언 한마디 - 6

＊ 인생에서 가장 큰 기쁨은, 세상 사람들이 너는 할 수 없다고 말하는 것을 해내는 것이다.

－ 월터 파로트

이렇게 하자

●● 1. 웅변 대회에 참가하여 발표력을 기르자.
●● 2. 수업시간 선생님의 질문에 적극적으로 손을 들어 발표의 기회를 자주
　　가져라.
●● 3. 가족들과 함께 '가족회의'를 실시해라.

오늘의 발표력이 20년 후 나의 무대를 빛낸다

"저의 어린 시절 꿈은 유명한 기술자가 되는 것이었습니다. 특별히 어느 분야를 정하지는 않았지만 아빠 몰래 핸드폰을 뜯었다가 조립하거나 컴퓨터 부품을 해체시켰다가 다시 조립하는 일이 무척 즐거웠습니다.

또 이런 과정을 통해 알게 된 사실을 친구들에게 말하는

것이 재미있었고 때로는 친구들 앞에서 직접 조립하는 것을 보여주기도 했습니다.

그래서 중학교 들어갈 무렵에는 컴퓨터 엔지니어가 되겠다는 생각을 했고 대학에서 컴퓨터공학을 전공하고 대학원에서 지능형 컴퓨터를 연구했고 지금은 교수가 되었습니다."

대학에서 강의를 하고 있는 어느 교수님이 방송에 나와 자신이 교수가 되게 된 동기와 과정을 이렇게 밝혔다. 또 그는 교수가 되기 전 대학원 시절 학비가 부족해 아르바이트를 하면서 공부를 했고 한두 번은 너무 힘들어 도중에 포기하려고 했지만 묵묵히 참고 이겨냈다는 이야기도 덧붙였다.

특히 그는 교수가 되어 너무 자랑스럽고 자신은 남들에 비해 지능지수가 높았다는 자랑을 하기보다는 누구든지 자신이 관심 있는 분야 하나에만 모든 힘을 다해 최선의 노력을 기울이면 오늘의 자신처럼 될 수 있다며 한 분야에 장인정신을 갖고 열정을 쏟아 달라고 말했다.

우리는 이 교수의 말에서 아주 중요한 사실 하나를 발견할 수가 있다. 그것은 바로 말을 조리있게 잘 한다는 것이다. 대학 교수니까 당연히 잘 하는 것 아닐까 하고 생각할 수도 있다. 하지만 단순히 대학 교수이기 때문에 말을 잘한다고 볼 수는 없다.

무대가 설치되고 강한 조명이 쏟아지는 방송 녹화 현장에 서게 되면 대부분의 사람들은 긴장되고 떨려서 말 실수를 하게 된다. 이 교수님처럼 차분하게 자신의 이야기를 하는 것이 그리 쉬운 일은 아니다.

그렇다면 타고난 말재주꾼일까. 그것은 아니다.

사실 이 교수님은 학창시절부터 많은 사람들 앞에서 자신의 생각을 조리있고 체계적으로 발표하는 연습을 수없이 했던 것이다.

화제의 인물 또는 유명인이 되어 많은 사람들 앞에서 발표를 하는 사람들 중에는 앞에서 말한 교수님처럼 발표에 능숙한 사람이 있는가하면 그렇지 못한 사람들도 매우 많다. 발표에 약한 사람들의 경우 많은 사람들 앞에 서면 목소리는 떨리고 자세는 비틀어지며 말하는 도중 순간적으로 말이 끊기는 일도 나타난다. 이렇게 되면 등에서 식은 땀이 흐르는 일도 생긴다.

얘기를 듣는 사람들로서는 '이왕이면 다홍치마' 라는 말처럼 유명인이 된 만큼 말도 잘하길 원한다. 하지만 말솜씨나 발표력이 시원찮을 때는 아쉬움을 갖기 마련이다. 그리고 말할 것이다.

"유명인 치고는 말을 너무 못한다. 저렇게 자신감이 부족한 사람이 어떻게 힘들고 어려운 일들을 극복했을까."라고.

아나운서나 개그맨들처럼 말을 능수능란하게 잘하지는 못할지라도 최소한 자신이 하고자 하는 얘기는 제대로 전달할 수 있어야 한다.

개그맨이나 아나운서들도 처음부터 말을 잘 하거나 발표를 잘 한 것은 아니다.

개그맨들은 다른 사람을 웃기기 위해 항상 다른 사람들 말을 열심히 듣고 책도 매우 많이 읽는다. 아나운서들은 사람들에게 소식을 전할 때 정확하게 전달하기 위하여 항상 발음하는 연습을 하고 여러 분야의 소식을 전해야 하기 때문에 책도 많이 읽는다.

우리 친구들도 거울 앞에 서서 20년 뒤에 자신이 어떤 모습으로 변해 있을지 상상해 보자.

20년 뒤의 모습은 그냥 만들어지는 것이 아니다. 이제부터 하나하나 만들어나가면 되는 것이다.

우리 친구들도 언젠가는 성공한 사람이 되어 많은 사람

들 앞에서 자신의 성공담이나 과거를 말하는 기회가 주어질 것이다. 그때 더 빛나는 무대를 만들기 위해서는 평소 발표력을 길러 놓는 것이 좋지 않을까?

 리더가 되는 명언 한마디 - 7

* 행운은 눈먼 장님이 아니다. 대개 부지런한 사람을 찾아간다. 앉아서 행운을 기다리는 사람에게는 영원히 찾아가지 않는 법이다.

- G. 클레망소

성공한 사람은
발표에 강하다

텔레비전에서나 또는 강연장 행사장 등에서 우리는 성
공한 사람들을 만날 수가 있다.

각 분야에서 성공한 사람들은 대체적으로 연예인처럼
외모가 특별하다거나 어렸을 때부터 천재였다거나 부유한
가정에서 자랐다거나 하는 것과는 거리가 멀다. 그들에게 공통점이 있다면 자신이 원하는 분야의 일에서 남다른 노력을 기울였다는 점이다.

이외에 또 한 가지를 꼽는다면 그들은 하나같이 발표를 잘 한다는 것이다.

성공한 사람들은 강연장이나 방송 인터뷰에서 대체적으로 비슷한 인상을 남긴다. 성공했기에 거만하다거나 자기 자랑만 늘어놓기보다는 겸손한 자세와 태도를 보이며 말을 수다스럽게 하지는 않지만 꼭 필요한 말을 정확하게, 그리고 자신있게 한다.

그렇다면 성공한 사람들이 발표를 잘하는 이유는 어디에 있을까?

먼저 그들에게는 자신감이 있다는 것을 볼 수가 있다. 그들은 자신의 직업 세계나 활동 분야에서 전문가 소리를 듣는 사람들이며 스스로 노력을 한 사람들이기에 당당하고 자신있게 말할 수 있는 것이다.

그 다음 느껴지는 것은 말을 함에 있어서 빠른 말로 수다스러워 보인다거나 결코 가벼워 보이는 법이 없다. 그들은 성공이라는 계단을 오르기까지 많은 사람들을 만났고 그 만남 속에서 자신의 생각을 잘 전달하는데 익숙해졌기 때문에 매사에 진지한 말투와 예의바른 태도를 유지한다.

예를 들어 과학 분야에서 새로운 이론을 창시한 사람이라면 그는 대학, 대학원에 다니는 동안 수없이 많은 토론과 발표를 했을 것이며, 학교를 졸업하고 연구를 계속하는 동안 끊임없이 자신이 발견한 학문적 결과를 논문을 통해 여러 차례 밝혔을 것이다. 이런 과정을 통해서 그는 어떻게 발표를 하면 보다 더 효과적인가를 알게 되는 것이다.

기업을 운영하여 성공한 경영자 역시 마찬가지다. 처음에는 종업원 몇 명을 거느리고 일을 했지만 사업이 커지면서 더 많은 종업원들을 고용하게 되고 종업원들이 늘어나면서 계속 면담과 회의 그리고 강연을 할 기회가 주어지기 마련이다.

종업원이 천 명인 기업의 사장은 천 명의 종업원 앞에서 기업의 발전을 위해 무엇이 필요하고 회사가 직원들을 위해 어떤 희망을 줄 것인가를 밝히는 기회가 일 년에도 몇 번씩 주어진다. 이런 기회를 통해 사장은 나름대로 발표의 기술을 쌓아갔을 일이다.

또한 그들에게서는 진실함이 느껴진다. 과장된 언어나 행동을 절제한다. 자신들이 알고 있는 분야의 전문적이면서도 풍부한 지식을 말하기 때문에 결코 과장됨이 없이 진실로 느껴지는 것이다. 아니 그들은 굳이 과장된 말이나 행동을

할 필요가 없는 것이다. 이미 많은 사람들이 전문가로'유명

인으로 인정하고 따르고 있기 때문이다.

 리더가 되는 명언 한마디 - 8

* 알면서 자신이 안다는 것을 모르는 사람, 자고 있으니 그를 일깨워 주라.

  모르면서 자신이 모른다는 것을 모르는 사람, 바보이니 그를 피하라.

  모르면서 자신이 모른다는 것을 아는 사람, 어린아이이니 그를 가르쳐라.

  알면서 자신이 안다는 것을 아는 사람, 지도자이니 그를 따르라.

  - 중국 속담

Why

우리는 앞으로 수많은 장애물을 만나게 될 것이다.

그 중에서 가장 큰 장애물은 바로 나 자신이다.

발표는 지능지수나 외모와는 상관이 없다.

발표는 순간적으로 일시적으로 잘 할 수 있는 것이 아니기 때문이다.

많은 사람들 앞에서 자신이 전달하고자 하는 내용을 보다 쉽고 정확하게 100% 잘 전달해야 하므로 미리 준비하고 연습하는 노력은 필수다.

what
무엇을 준비할까?

이미 많은 사람들의 리더가 되어 자주 발표를 하는 입장이라면 초보자처럼 연습을 하지 않아도 될 것이다.

하지만 우리 친구들은 이제 막 학교라는 단체생활을 통해 선생님과 많은 친구들을 만나고 그곳에서 자신의 의사 표현과 주장을 펴게 됐다.

이제부터 발표의 문턱에 들어선 것이다.

주제가 있는 대화를 마음껏 즐겨라

　　나이나 성별, 직업에 관계없이 누군가와 대화를 즐겨 나
눈다는 것은 새로운 정보나 지식을 쌓고 서로의 의견을 나눈
다는 점에서 매우 권장할 만한 일이다. 학교에서나 집에서나
항상 대화를 나누고 있는데 굳이 대화를 즐기라는 말이 왠지
생소하게 들릴지도 모른다.

하지만 여기서 말하고자 하는 대화는 일상적으로 나누는 대화가 아닌 주제가 있는 대화를 말하는 것이다.

친구와 학교에서 집으로 돌아오는 길에 우연히 새로 생긴 제과점을 보게 됐다. 주제가 있는 대화를 원한다면 친구에게 이렇게 말해 보자.

"요즘은 아침을 밥 대신 빵을 먹는 가정이 늘고 있다는데 너희 집은 아침식사로 주로 무엇을 먹니?"

이렇게 질문을 던지면 친구는

"응. 우리는 아침에 밥을 먹는 편이야. 아버지께서 늘 아침에는 밥을 먹어야 한다고 강조하시거든"이라고 말하거나 "누나와 나는 아침에 토스트나 제과점에서 사온 빵을 먹는 편이고 아빠와 엄마는 밥을 드시곤 해"라고 말할 것이다.

여기서 대화를 그냥 끝내지 않고 이어가려면 '빵과 밥'의 차이에 대해서 서로 이야기를 나눌 수가 있다. 빵은 우선 먹기에는 간단하고 맛도 있지만 한 끼 식사로서는 부족하다는 느낌이 든다.

그렇다면 빵과 밥의 주성분과 영양소에 대해 말하게 될 것이다.

둘 중 한 사람은 이런 말을 할 수 있을 것이다.

"우리 외갓집은 시골이야. 그래서 나는 쌀을 만드는 벼를 자주 본 적이 있어. 외삼촌이 그러시는데 쌀은 벼라고 하는 한해살이풀인데 9~10월에 성숙한 열매의 껍질을 벗겨낸 것이 쌀이 된다고 하셨어. 그런데 세계 총 쌀 생산량의 92%는 우리 나라를 비롯한 아시아 여러 나라에서 생산된다고 하잖아. 우리 나라도 처음부터 쌀을 먹었던 것은 아니래. 쌀을 주식으로 먹기 전에는 피·기장·조·보리·밀 같은 곡식을 주식으로 하였대. 그러다가 통일신라 시대부터 벼를 많이 생산하게 되면서 쌀이 우리 식생활의 주식이 되었다고 하셨어."

그러면 듣고 있던 친구는 상대방의 쌀에 대한 해박한 지식에 놀라게 된다.

"와, 너는 쌀에 대해 거의 박사 수준인데. 그럼, 너는 빵과 밥 중 어느 것이 영양소가 더 많은지도 알겠네."

그러자 그 친구는 신이 나서 이번에는 빵에 대해서 설명한다.

"그럼. 빵은 밀가루가 원료인데 쌀보다 비타민 B$_1$과 단백질이 훨씬 많아. 문제는 밀가루에는 필수아미노산인 리신

54

등이 부족하거든. 그래서 빵에 채소와 고기 등을 같이 곁들여 먹는 거래."

이쯤 되면 질문을 했던 친구는 감탄을 한다.

"와, 정말 대단한데."

친구로 인해 쌀과 빵에 대한 지식을 얻게 된 아이는 그날 집에 가서 인터넷을 클릭하다가 우연히 비타민 C에 대해 정보를 얻게 되었다.

이튿날 학교 가는 길에 친구를 만나면 인터넷을 통해 비타민 C에 대해 알게 된 지식을 친구에게 자랑스럽게 설명하게 될 것이다.

주제가 있는 대화를 나누는 것은 어떤 것에 대해 보다 깊이 있는 대화를 나누게 되므로 나의 지식도 늘어날 뿐만 아니라 서로에게 많은 도움을 주는 일이 된다.

대화의 주제는 다양할수록 좋다.

우리 친구들 중 많은 아이들이 게임을 즐겨한다. 그러다 보니 친구들끼리 만나면 게임에 대한 대화를 많이 하게 되는 것이다.

대화를 많이 하라고 했으니까 서로가 좋아하는 게임에 대한 대화를 해야지 하는 생각에 만날 때마다 게임에 관한 대화만 한다면 그것은 박수를 쳐줄 일이 못된다. 게임에 대한 대화를 하더라도, 게임에서 레벨이 몇이냐, 점수가 얼마냐 하는 이야기를 나누는 것도 즐겁겠지만 어떻게 이런 게임을 만들었을까라든가 컴퓨터를 어떻게 사용하면 이렇게 게임까지 만들 수 있을까라든가 하는 이야기로 대화를 깊이 있게 끌고 나가는 것이 바람직하다.

그때 그때 상황에 맞는 다양한 주제를 끄집어내어 대화를 나누는 것이 바람직하고, 자신의 나이나 수준에 맞는 대화를 즐기는 것이 좋다.

학생들이 어른들이 주로 나누는 재테크에 대해서 대화를 나눈다면 실질적인 지식이나 정보가 부족해 대화는 쉽게 끝나고 만다.

이렇게 하자

- 1. 시시콜콜한 대화를 하고 있다면 먼저 새로운 주제를 꺼내라.
- 2. 자신이 알고 있는 지식이나 경험, 생각을 모두 동원하여 숨김없이 밝혀라.
- 3. 상대방의 말을 들어줄 때는 말하는 도중에 끼어들지 말고 끝날 때까지 진지하게 들어주어라.
- 4. 상대방의 의견에 이의가 있거나 자신의 생각과 차이가 있을 때는 감정을 최대한 억제한 상태에서 상대방이 기분 나쁘지 않도록 언어에 신중을 기해 말해라.
- 5. 상대방의 말에 공감하면 적극적으로 호응하는 반응을 보여줘라.

무엇을 준비할까

What 57

항상 책을 친구처럼 끼고 다녀라

도마 안중근 선생은 이런 말을 남겼다.

'하루도 책을 읽지 않으면 입 안에 가시 돋힌다'

이 말은 책 읽기의 중요성을 대신하는 말로 사용되곤 한다. 이를 테면 책을 읽은 것은 밥을 먹는 것처럼 늘 꾸준히 해야 한다는 말이다.

사람이 태어나서 글자를 알고 난 후로 이 세상을 떠날 때까지 늘 곁에 두고 있으면 좋은 것이 바로 책이다. 책 속에는 우리가 살아가는 동안 필요로 하는 모든 것이 들어 있기 때문이다.

그 속에는 우리가 알아야 할 많은 지식도 들어 있지만 우리에게 주어진 삶을 보다 현명하고 아름답게, 그리고 알차게 살아갈 수 있게 도와주는 수많은 지혜가 들어 있다. 책은 지식 창고이고, 파면 팔수록 보물이 쏟아져나오는 황금보따리이다.

지식이나 삶의 지혜는 생활이나 일 속에서도 찾을 수 있지만 우리가 느끼고 알아야 할 것들은 너무나도 많기 때문에 간접 체험을 가능하게 하는 책을 통해서 많은 것들을 알게 된다.

예를 들면 도시에서만 생활한 아이들은 시골에서 사는 아이들에 비해 자연에 대한 상식이 부족할 수도 있다. 시골에서 자란 아이들은 자연을 늘 가까이서 접하기 때문에 옥수수는 줄기식물이고 감자는 뿌리 식물이며 우리가 늘 먹는 쌀은 논에서 자라는 벼를 통해서 얻어진다는 것 등등을 자연스럽게 알게 된다.

하지만 도시의 아이들은 책을 통해서 또는 견학을 통해

서 알게 된다. 때문에 책 읽기의 중요성은 귀가 닳도록 하여
도 좋은 것일 만큼 아주 꼭 필요한 일이다.

그렇다면 책은 어떻게 읽어야 할까?

책을 읽을 때는 지금 꼭 필요로 하는 지식을 얻을 수 있
는 책을 먼저 읽어야겠지만, 그밖에도 더 많은 지식과 지혜
를 얻기 위해서는 다양한 책을 읽어야 된다.

교과서와 학습서는 학교 공부에 필요한 지식을 주지만
동시와 동화는 마음을 아름답고 깨끗하게 가질 수 있는 감성
을 길러준다. 또 위인전은 우리가 직접 보지 못한 과거 속의
유명한 인물의 삶을 알 수 있고 그들의 삶에서 교훈을 얻게
해준다.

이뿐만이 아니다. 역사책은 지나간 우리 인류의 역사를
알게 해주고 수필은 다른 사람들이 어떤 생각과 느낌을 갖
고 살아가는지를 알 수 있게 한다.

또 성인이 되면 더 많이 읽게 될 소설은 읽는 사람으로
하여금 간접적으로 다양한 삶을 체험할 수 있게 해준다. 영
국을 가보지 않았지만 영국인들의 생활 습관이나 영국 대도
시의 역사 현장 등을 알 수 있는 것은 바로 책을 통해서 알게
되는 것이다.

책은 우리가 먹는 음식과 같은 것으로 생각하면 쉽다.

한두 가지 음식만 먹을 경우 우리 몸의 영양 상태가 고르게 발달하지 않듯이 책도 마찬가지이다.

늘 책 읽는 습관을 가지되 다양한 분야의 책을 읽으려는 노력이 필요하다.

🎤 리더가 되는 명언 한마디 - 9

＊ 친절한 말은 아주 짧기 때문에 말하기가 쉽다. 하지만 그 말의 메아리는 무궁무진하게 울려 퍼지는 법이다. 지금 당장 칭찬하라.

― 마더 테레사

이렇게 하자

1. 눈에 보이면 읽게 된다.
   - 책상 위에 읽고자하는 책을 항상 올려 놓는다.
2. 갖고 있으면 읽게 된다.
   - 여행을 하거나 버스를 탈 때는 늘 책을 갖고 다닌다.
3. 관심 있으면 읽게 된다.
   - 독서 습관을 길들이는 초기에는 자신이 가장 좋아하는 분야의 책을 빌리거나 구입해라. 먼저 재미를 붙인 후 독서 습관을 몸에 익히면 된다.
4. 친구와 교환해서 읽어라.
   - 친한 친구와 약속을 한다. 1주일에 한 권씩 읽은 책을 서로 교환하여 읽기로 하면 독서량이 많아진다.
5. 토론 모임을 만들어라.
   - 같은 지역내에 사는 친구들 서너 명만 마음이 일치되어도 독서 토론 모임을 만들 수 있다. 한 달에 한 번 자신이 읽은 책에 대한 내용을 발표하고 함께 토론하는 모임을 만들면 다양한 지식을 쌓을 수 있다.

다양한 체험을 해라

　책에서 얻는 지식이나 정보보다도 보다 현실적이고 살아있는 지식 및 정보를 습득할 수 있는 방법은 다름 아닌 체험이다.

　미국에 가보지 않고서 교과서에서 본대로 미국에 대한 설명을 하는 것과 실제로 미국생활을 하거나 체험을 하고 나서 미국을 말하는 것은 엄청난 차이가 있다. 책에서 얻게 되는 정보는 답이 뻔한 지극히 보편적인 정보로 제한될 수밖에 없다.

하지만 자신이 직접 체험을 통해 얻은 정보는 사실에 기초하며 일반적인 정보외에도 자신만이 알게 된 특별한 내용들이 포함되기 마련이다.

때문에 우리 속담에 이런 말이 있지 않은가.

'백문이 불여일견(百聞而不如一見)' 이라고.

백 번 듣는 것이 한번 보는 것만 못하다는 것이다. 이는 눈으로 직접 보고 듣고 느끼는 살아 있는 체험의 중요성을 대신해 주는 말이다.

일본 동경에 대한 예를 들어보자.

책에는 대부분 이런 식으로 나와 있다.

"일본의 수도 동경은 서울의 인구와 비슷한 약 1천만 명이 살고 있으며 일본의 경제 정치 행정의 중심지이다. 동경에서 유명한 공원 중 하나는 우에노공원으로 이곳에는 휴식을 취하기 좋은 넓은 공원 외에도 동물원, 박물관, 미술관 등 다양한 볼거리 공간들이 자리해 있다."

하지만 실제로 동경을 방문하여 현지의 모든 것을 보고 느낀 사람은 책에 나와 있는 것보다 자세하고 구체적인 설명이 가능할 것이다.

"우에노공원은 서울의 종묘공원 정도와는 비교할 수 없을 정도로 매우 큰 도심 속의 공원이다. 봄이면 수백여 그루의 벚꽃이 장관을 이루는 만큼 동경인들에게 인기가 좋으며 공원 한가운데는 넓은 호수 위로 분수대가 설치되어 있어 공원의 정취를 더 아름답게 해준다.

공원을 거닐다보면 가장 먼저 눈에 띄는 것은 젊은이들의 마임 공연이다. 특별히 무대를 설치하지 않고 거리의 예술가를 자청하는 사람들은 다양한 판토마임을 선보인다. 공연 후에는 100엔이든 1000엔이든 상관없이 관람객들 앞에 모자를 내밀어 관람료를 챙기는 것도 빼놓지 않는다.

공원 주변에는 동물원 미술관 박물관 등이 자리해 있어 다양한 볼거리를 제공해 준다. 특히 국립 우에노 동물원은 국내 동물원에서는 볼 수 없는 열대 지방의 동물들이 많으며 동물원 규모가 아주 커서 모노레일을 타고 이동을 해야 할 정도다."

직접 보고 듣고 느끼는 체험은 이처럼 어떤 사실에 대해 보다 구체적이며 자세한 정보 전달을 가능하게 해준다.

따라서 책에서만 배우고 익히는 데는 한계가 있다. 때문에 다양한 체험을 하는 것은 매우 중요한 일이며 체험이 쌓여지면 발표를 하는데 큰 도움이 된다.

어떤 주제를 말하든 간에 그와 관련된 사례나 정보를 함께 전달하는 게 유리하다는 것은 누구나 잘 알고 있는 것이다. 그렇다면 언제 어디에서든 우리가 보고 느끼는 많은 것들은 발표할 때마다 수시로 좋은 재료가 될 것이다.

더욱이 사람들은 추상이나 가상적인 이야기보다는 누군가 직접 경험한 사례를 듣길 원하기 때문에 발표자의 입장에서는 다양한 체험이 필수가 아닐까 싶다.

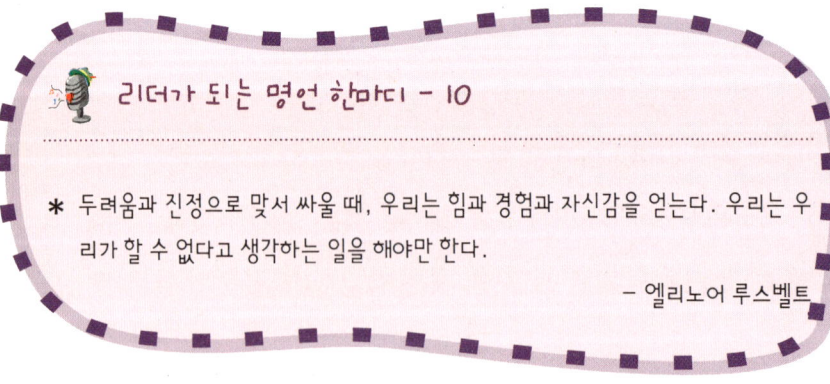

리더가 되는 명언 한마디 - 10

* 두려움과 진정으로 맞서 싸울 때, 우리는 힘과 경험과 자신감을 얻는다. 우리는 우리가 할 수 없다고 생각하는 일을 해야만 한다.

— 엘리노어 루스벨트

●● 1. 여행을 즐겨라.
- 굳이 장거리 여행이 아니어도 좋다. 가족 또는 친구들과 당일치기로
  다녀올 수 있는 도심 근교의 역사 유적지나 관광지 등을 자주 다녀라.

●● 2. 도심 속의 볼거리 현장을 찾아 나서라.
- 도시 내에 있는 박물관, 미술관, 각종 전시관 등을 찾아다니며 다양한
  문화와 정보를 접해라. 부모님이 동행하지 않아도 친구들과 얼마든지
  가능한 일이다.

●● 3. 메모해라.
- 새로운 것 특별한 정보를 접했다면 그것을 보는 것으로만 그치지 말고
  메모장에 기록해라. 발표할 때만이 아니라 학교공부에도 언젠가는 중
  요한 자료가 된다.

●● 4. 외국 문화도 적극적으로 보고 느껴라.
- 부모님의 외국여행을 떠나면 따라가라. 우리와는 다른 나라 사람들의
  생활과 문화 역사 등을 접하는 일은 매우 중요한 일이다. 훗날 큰 지적
  재산이 된다.

다른 사람의 말에
귀 기울여라

자기 말만 열심히 하고 남의 말에는 귀를 기울이지 않는 사람들이 있다. 학생들 중에도 친구들에게 또는 부모님에게 자기 말만 하고는 상대방의 말은 아예 듣지 않는 친구들이 있다.

이렇게 남의 말에 귀 기울일 줄 모르는 사람들을 두고

흔히 '자기 잘난 멋에 사는 사람' 또는 ' 저 밖에 모르는 사람' 이라고 말한다.

세상 사람들은 저마다 자신만의 생각이나 경험을 갖고 있다. 어떤 개인의 생각이나 판단을 나이, 성별, 학력 등과는 연관지을 수는 없다.

사람들은 각자 자신이 옳다고 믿고 또 인정하는 가치 기준이 제각각 다를 수 있기 때문이다. 때로는 자신만의 편협된 생각 속에 빠질 수도 있고, 또 때로는 많은 사람들이 이해해 주고 인정할 수 있는 보편적인 생각과 합리적인 생각을 밝힐 수도 있다.

사람의 이런 특성은 서로의 생각과 의견을 나누는 토론 문화를 만들어낸다.

따라서 많은 사람들과 여러 가지 대화를 나누고 서로의 생각과 견해를 말하고 듣는 것은 매우 중요한 일이다.

다른 사람들의 생각이나 견해를 듣지 않고 무시해 버리면서 자신의 생각대로만 모든 일을 처리하고 살아간다면 그야말로 '자기 착각에 빠져 사는 사람' 이거나 '제멋대로 사는 사람' 이라는 꼬리표를 달게 되고 우리가 흔히 말하는 '왕따' (?)가 될 수밖에 없다.

상대방의 말을 귀담아듣게 되면 먼저 자신의 입장이나

생각과 비교하게 되며 누구의 생각이 더 옳은지 또 누구의 판단이 더 현명한 것인지를 알게 된다.

또 상대방으로부터 자신이 알고 있지 못한 사실이나 경험을 간접적으로 얻을 수도 있고 체험하는 효과를 낳는다.

이뿐만이 아니다.

사람은 서로에게 말을 하고 들어주고 또 이해하면서 보다 가까운 인간 관계를 만들어가게 된다.

어른이든 어린이든 천재든 바보든 그 누구든지 혼자서는 세상을 살아갈 수는 없는 것이다. 때문에 사람은 사람들 속에서 어우러져 함께 말하고 듣고 웃고 이해하며 살아야 한다.

이렇게 함께 어우러져 살아가는 노력을 해야 행복한 사회를 만들어가게 된다.

다른 사람의 말에 귀 기울일 줄 모르는 사람이라면 자신의 말을 상대에게 들어달라고 할 자격이 없는 사람이다.

결국 이런 사람들은 발표할 자격도 없고 기회조차 주어지지 않을 것이다.

대화나 토론이라는 것은 항상 똑같은 의견이 나올 수는 없다. 서로 다른 의견과 생각을 솔직하게 발표하고 상대방의 이야기도 열심히 들은 다음 자신의 생각이 옳으면 왜 자신의

생각이 옳은지를 밝힌 다음 서로 결론을 만들어 내는 것이
올바른 토론 문화이다.

　이때 중요한 것이 바로 내 주장만 하는 것이 아니라 남
의 말도 열심히 듣는 태도이다.

　그리고 상대방의 말이 옳다고 생각이 들면 그것을 인정
해 주는 자세 또한 멋진 사람이 되는 방법이다.

리더가 되는 명언 한마디 - 11

* 잘못했다고 인정하는 것을 부끄러워 할 필요는 없다. 그것을 바꾸어 말하면, 오늘
은 어제보다 현명해졌다는 뜻이다.

　　　　　　　　　　　　　　　　　　　　　　　　　- 알렉산더 포프

이렇게 하자

●● 1. 상대방이 말할때는 경청해라.

●● 2. 자신의 생각이나 견해와 맞지 않더라도 상대방의 말을 무시하거나 끊어 놓지 마라.

●● 3. 상대방이 말할 때는 일단 충실히 들어준 후 자신의 생각이나 견해를 밝히는 것이 예의다.

●● 4. 말을 할 때나 들을 때는 사사로운 감정을 최대한 자제하여야 한다. 감정이 개입되면 싸움이 된다.

●● 5. 상대방의 말을 들으면서 공감이 가거나 찬성하는 부분이 있다면 고객를 끄덕이거나 눈빛으로 '공감한다'거나 '맞는 말이다'라는 표현을 해라. 아무런 반응이 없으면 상대방은 말을 하다 도중에 포기할 것이다.

논리적으로 말하는 습관을 길러라

"아휴 짜증 나."

"나는 왜 이렇게 운이 없는 거지."

학교에서 돌아오자마자 책가방을 집어 던지면서 이렇게 말한다면 집에 있던 엄마나 다른 가족들은 걱정스러운 표정을 지을 것이다.

'대체 무슨 일이 있었길래 짜증이 나고 화가 난 걸까'

궁금할 수 밖에 없는 일이다.

만일 우리 친구들 중에 이것과 비슷한 경험이 있다면 이런 말투가 가족들을 힘들게 하고 어른들 앞에서 예의 없는 말투였다는 것을 인정할 것이다.

누군가에게 자기의 마음을 알리고 싶다거나, 누군가가 내 속마음을 들어주었으면 하는 생각에서 말을 할 때는 상대방이 쉽게 이해할 수 있도록 말하는 것이 기본적인 예의다.

앞의 말을 제대로 한다면 이런 방법으로 하는 것이 어떨까.

"엄마 정말 오늘은 이상한 날이에요. 학교에서 체육시간에 달리기를 했는데 제가 3등을 한 거예요. 늘 1등을 했는데 갑자기 운동화가 벗겨져서요. 이뿐만이 아니예요. 돌아오는 길에 하마터면 오토바이와 부딪칠 뻔했어요. 저는 앞을 보고 걸어가고 있는데 오토바이 아저씨가 갑자기 골목에서 툭 튀어나오지 뭐예요. 오늘은 왜 이렇게 운이 없는지 모르겠어요."라고 말이다.

어떤 결과가 있으면 그 결과는 어떠한 이유나 원인으로

인해. 나타난 것이다. 그러므로 바쁜 마음에 결과만 말해 버리면 듣는 사람은 무슨 말인지 알아들을 수가 없고, 도와주고 싶어도 도와줄 수 없게 된다.

누군가와 어떤 일에 대해서 이야기를 할 때 원인과 결과를 차근차근 말하는 것이 논리적으로 말하는 습관을 들이는 기초가 된다. 친구와 대화를 나눌 때도 마찬가지다.

"너 수학 문제집 있으면 잠깐만 보여줘."

이렇게 말하는 것은 잘못된 의사 표현법이다. 자기 생각을 올바르게 표현하면 이렇다.

"내가 오늘 수학 문제집을 집에 놓고 왔거든. 나눗셈 부분에서 이해가 안 되는 부분이 있어서 그러는데 너의 자습서를 잠깐만 볼 수 있겠니."

부탁을 하는 경우 무턱대고 부탁을 하면 상대방은 부탁을 들어주지 않는다. 부탁을 하는 이유를 들어보고 충분히 이해가 될 때 상대방은 보다 쉽게 말하는 사람의 의도와 상황을 이해하게 된다.

이같은 논리적인 표현법은 평소 말하는 습관에서 길러져야 한다. 자신이 말하기 쉬운 대로 습관이 들면 쉽게 고쳐지기 힘들다.

논리적으로 말하는 표현법이 중요한 것은 평상시의 말

하는 습관이 발표 능력의 기초가 되기 때문이다.

　　많은 사람들 앞에서 말을 잘 하고 발표를 잘 하는 사람은 평소 대화를 할 때에도 대충대충 말하지 않고 조리 있고 논리적으로 말한다.

　　듣는 사람으로 하여금 "정말 말을 조리있게 잘 한다"는 소리를 듣는 사람들이다.

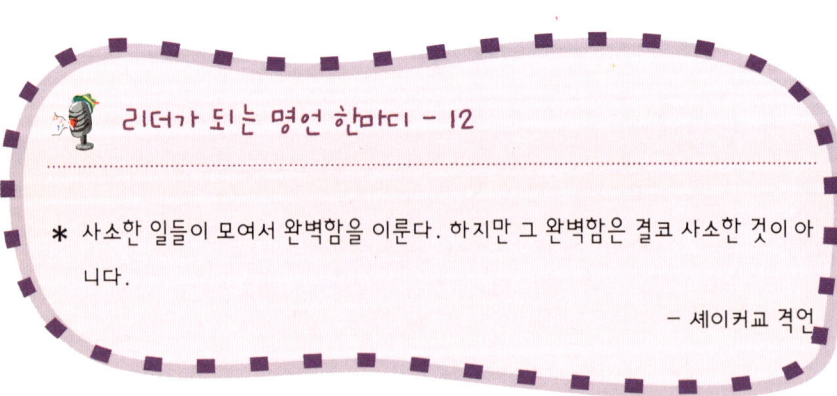

리더가 되는 명언 한마디 - 12

* 사소한 일들이 모여서 완벽함을 이룬다. 하지만 그 완벽함은 결코 사소한 것이 아니다.

— 셰이커교 격언

이렇게 하자

1. 처음부터 말하고자하는 주제를 정확히 밝혀라.
   – 예를 들면 용돈이 필요해서 부모님께 용돈을 달라고 할 때 몸을 꼬면서 그냥 웃거나 찌푸린 표정으로 관심을 끌려고 하지 마라. 또 "있잖아요"라던가 "저기"라는 식으로 머뭇거리지 마라. "저에게 2만 원 정도의 용돈이 필요합니다"라고 말해라.

2. 말 하게 된 구체적인 이유를 설명해라.
   – 2만 원의 용돈이 어디에 어떻게 필요한 것 인지 또 언제까지 필요한지 밝혀라

3. 상대가 이해하지 못하거나 거부할 수도 있다는 생각을 해라.
   – 친구의 생일선물에 2만 원을 쓰려고 했는데 부모님께서는 학생으로서는 너무 큰 돈이라서 인정할 수 없다고 할 수도 있다. 이럴 경우 무작정 자기 생각만 옳다는 생각을 버려라.

4. 도중에 대화를 일방적으로 중단하지 마라.
   – 부모님의 말씀에도 그만한 이유가 있음을 이해하고자 노력해라. 그리고 자신이 양보할 수 있는 선을 찾아서 재협상에 나서라. 이를 테면 만 원으로 액수를 줄이는 것이다. 만일 대화를 끊고 방에 들어간다면 부모님으로부터 야단을 맞을 것이다. 일방적인 대화 중단은 싸움으로 몰고 갈 뿐이다.

평소 모범이 되어라

돈을 많이 모아 큰 기업의 사장이 된 사람이 있었다. 이 사람은 많은 재산을 갖고 있기에 재산을 쌓는 일보다는 정치에 관심이 생겨 자기가 사는 지역의 구청장 선거에 출마했다. 선거 전에 경쟁자와 함께 구민들이 모인 자리에서 구를 이끌어갈 정책과 비전을 알릴 수 있는 기회가 주어졌다.

이 기업가는 이렇게 말했다.

"저를 구청장으로 뽑아 주신다면 공무원들이 친절봉사자로서 구민을 대할 수 있도록 할 것이며 무엇보다도 우리 구에 부족한 구민 체육 시설과 복지 시설을 확보하는데 힘을 다해 노력하고자 합니다. 또 공무원들이 뇌물을 받고 어떤 특정인들에게 혜택을 주는 비리 같은 것은 절대 없는 청결한 구행정 정책을 펴나가고자 합니다."

하지만 이 기업가는 이미 많은 사람들에게 좋지 않은 소문이 나 있었다. 직원들에게 일을 많이 시키고 임금은 적게 주어서 늘 노조측과의 의견 대립이 생겼고, 직원 식당, 기숙사, 체육 시설 등은 아주 오래 되고 낡아서 직원들이 이용을 꺼릴 정도라고.

그런가하면 회사가 속해 있는 지역 공무원들에게 알게 모르게 뇌물을 주어 공장의 문제되는 환경 오염 및 낡은 시설 검사를 문제없이 끝낸 적이 있다는 사실이 이미 회사 직원은 물론이고 인근 주민들에게 알려진 터였다.

이처럼 이미 많은 사람들로부터 신뢰를 받지 못하고 있는 사람이니 그가 아무리 좋은 말을 한들 사람들이 믿어 줄 리는 없을 것이다.

자신감 있는 목소리로 밝게 웃어가며 희망적인 말을 했지만 그의 연설을 들은 주민들에게서 어떤 반응이 나올까?

우리 친구들은 거짓말쟁이 양치기 소년의 이야기를 통해 거짓말을 하는 사람은 어떤 대가를 치르게 된다는 것을 알고 있다.

십중팔구는 한 마디로 이렇게 말할 것이 뻔하다.

"저 사람 또 거짓말을 하는군. 회사에서는 직원들을 속이고 부려먹어 돈을 벌더니 이제는 우리 주민들을 미끼로 돈을 벌고 명예를 얻을 속셈이야."

평소 자기가 속한 모임이나 테두리 안에서 다른 사람의 모범이 되고 성실성을 인정받은 사람이라면 그가 설령 거짓된 말을 할지라도 사람들은 그를 믿게 된다.

하지만 자신의 가까운 사람들이나 주변 사람들에게 거짓된 말과 행동, 그리고 피해를 주기만 했던 사람이라면 아무리 뛰어난 발표력을 지녔다 할지라도 사람들은 그를 믿지 않게 된다.

그가 진실을 말한다 하더라도 믿지 않을 것이다. 과거의 잘못에 대해 반성과 참회를 하고 앞으로 진실하게 살고자 하더라도 이미 때는 늦은 것이다.

때문에 요즘 유행어처럼 사람들은 이런 사람에게 비아냥거리듯 말할 것이다.

"너나 잘 하세요." 또는 "너 자신을 알아라."라고.

이런 일들은 어른들한테서만 일어나는 일이 아니다.

우리 친구들이 어린 시절부터 몸에 밴 습관은 어른이 되어서도 자연스럽게 습관대로 살아가게 된다.

평소에 모범적인 생활을 해야 이것이 하나의 습관처럼 익숙해져 훌륭한 사람으로 자랄 수 있는 것이다.

리더가 되는 명언 한마디 - 13

＊ 인생은 자전거를 타는 것과 같다. 우리가 계속 페달을 밟는 한 우리는 넘어질 염려가 없다.

－ 클라우드 페퍼

이렇게 하자

- 1. 신뢰받는 사람

  주변 사람들이 신뢰하는 사람이 되도록 매사에 믿음직한 모습을 보여라.
- 2. 책임감 있는 사람

  자신이 한 말에 대해서는 책임을 지는 사람이 되어라.
- 3. 추진력 강한 사람

  어떤 일을 추진함에 있어서 쉽게 포기하지 말고 강하게 밀고 나가는 추진
  력을 보여라.
- 4. 가슴이 따뜻한 사람

  불의에 강하게 맞서고 어려운 사람들에게는 따뜻한 마음을 전해라.
- 5. 겸손한 사람

  자신을 지나치게 내세우기 보다는 겸손한 자세를 보여라.

일주일에 한 번씩 가족회의를 열어라

주제를 갖고 여러 사람이 토론을 하는 것은 서로를 발전시켜주고 발표의 기술을 습득하게 하는 매우 유익한 방법 중의 하나다.

하지만 학교 친구들과 토론 모임을 만들지 않는한 학생들 입장에서는 특별히 주제를 갖고 토론을 할 수 있는 기회가 자주 주어지지 않는다. 유일한 방법을 찾는다면 바로 가족회의다.

　가족회의는 온 가족이 한자리에 모여 그때 그때 필요한 주제를 정해놓고 서로의 생각이나 의견을 마음껏 밝힐 수 있는 자리이다.

　옛날에는 가정에서 가장 어른이 되는 사람이 일방적으로 말하고 지시를 내리고 다른 식구들이 따라오는 형태의 가족회의를 했다.

　하지만 요즘에는 가정에서 가족회의를 할 때 예전과 많이 다른 모습을 볼 수 있다.

　가족들의 사랑과 화합을 쌓기 위한 소중한 기회로 만들어 가족 중 어느 한 사람의 일방적인 지시나 명령이 아닌 가족 모두가 자유롭게 의견을 나누고 서로의 생각을 존중해 주는 쌍방향 의사소통의 기회이자 즐겁고 기분 좋은 분위기로 흘러가고 있다.

　학생들에게 가족회의가 중요한 이유는 무엇보다도 가족 구성원들의 생각이나 의견을 귀담아 들으면서 가족의 사랑을 쌓는 기회를 갖게 된다는 점이다.

　또한 사회 경험과 지식이 풍부한 부모님과 함께 한다는 점에서 친구들과의 토론보다도 더 다양한 지식과 정보를 얻을 수도 있고, 자유로운 토론 문화에 익숙해질 수 있는 좋은 기회가 된다는 것이다.

가족회의라고 해서 너무 부담을 갖거나 회의라는 형식에 얽매일 필요는 없다. 또 반드시 가족과 관련된 주제만을 놓고 토론을 할 필요는 없다. 자유로운 분위기 속에서 다양한 주제를 이야기 나누는 게 좋다. 물론 가족 모두가 이해하고 알아들을 수 있는 주제여야 한다.

매주 한 번씩 가족회의를 할 때 아주 가벼운 주제를 먼저 선택하여 이야기하는 것이 즐거운 마음으로 시작할 수 있어서 좋다. 그런 다음 한 단계 한 단계 깊이 있는 주제를 선택하면 된다.

이를 테면 첫 번째 주일은 가족과 관련된 것, 두 번째 주일은 봉사 활동에 관한 것, 세 번째 주일은 환경 보호에 관한 것, 네 번째 주일은 건강 등에 대해 토론을 하면 토론의 즐거움이 더해질 것이다.

또 가족회의를 할 때 회의를 이끌어가는 사람은 반드시 아빠가 될 필요는 없다. 가능하면 가족 모두 서로 돌아가면서 회의를 이끌어가는 것도 좋은 방법이다.

예를 들어 가족 중에서 한 사람이 한 번씩 돌아가면서 의장이 되어 토론을 진행하는 것도 좋은 방법이다.

가족 사이에는 허물이 없고 서로에게 수줍어하거나 부담을 느낄 이유가 없어 토론은 매우 즐겁고 자유스럽게 된다.

　　부모님과 의논하여 가족회의를 주기적으로 실시해 보자. 1년만 지속한다면 자신도 모르는 사이에 발표의 달인이 되어 있을지도 모른다.

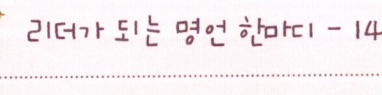

리더가 되는 명언 한마디 - 14

＊ 나를 비판하는 사람들의 말에 귀를 기울여라. 그들은 내가 지금 하고 있는 일을 고쳐야 한다면 어떻게 해야 하는지를 알려주는 좋은 정보원이기 때문이다.

― 존 캠벨스

이렇게 하자

●● 1. 일주일에 한 번씩 1~2시간 정도로 정하자. (토요일 저녁 또는 일요일 저녁)

●● 2. 장소는 자유롭게 선택하자. (집안의 거실도 좋지만 가끔씩은 외식장소 나 나들이 장소에서해도 좋다.)

●● 3. 단 한 사람도 빠짐없이 온가족이 참여해야 한다.

●● 4. 토론할 때 공격적인 말이나 상대방에게 상처를 줄 수 있는 말은 피한 다. (이를 테면 상대의 단점이나 평소 가졌던 불만을 직접 말하는 것은 삼가하자.)

●● 5. 가족회의 토론한 내용을 주축으로 한 달에 한 번 가족 신문을 만들어 보 는 것도 좋다.

무엇을 준비할까

What

발표할 내용을 글로 작성해 보아라

학급토론시간이나 가족회의 또는 기타 모임에서 발표를 해야 하는 일이 생겼다. 우리는 가장 먼저 무엇을 해야 할까?

아무리 발표를 잘 하는 사람일지라도 전문적인 것에 대해 토론을 하거나 많은 사람들 앞에서 자신의 생각이나 견해

를 잘 전달하기 위해서는 미리 준비하는 것이 필수다. 자신의 머릿속에 들어 있는 지식이나 생각만 믿고 있다가는 큰 낭패를 보게 된다.

많은 사람들 앞에 서게 되면 긴장이 되고 부담을 갖게 되어 평소 갖고 있던 생각이나 지식이 쉽게 떠오르지도 않거니와 자신의 생각과는 무관하게 말이 두서없이 나오기 십상이다.

주제가 정해졌다면 가장 먼저 해야 하는 일은 어떤 내용을 발표할 것인가에 대해 생각을 하고 발표할 내용에 대한 자료를 찾는 일이 될 것이다.

자료를 충분히 찾았고 자신이 발표하고자하는 방향이 정해졌다면 다음은 글로 작성해 보는 것이다. 작성해서 다른 이들에게 보여줘야 하는 독후감이나 논술이 아니기에 가능한한 편안한 마음으로 자신의 생각을 정리해 본다고 생각하면 된다.

단, 서론, 본론, 결론의 3단계 기본논법은 갖추어야 한다. 예를 들면 '가정의 쓰레기 줄이기'에 대해 작성한다면, 1단계에서 가정의 쓰레기 종류와 양과 환경오염 문제를 먼저 제시한다. 2단계에서는 쓰레기를 줄일 수 있는 구체적인 방법을 찾아서 쓴다. 마지막 3단계에서는 구체적인 방법을 실행으로 옮길 경우 나타나는 효과와 기대되는 점 등을 간략하게 설명하면 된다.

　글씨는 자신이 알아볼 수 있도록 적당한 크기로 쓰되 종이는 A4(16절지) 크기면 적당하다.

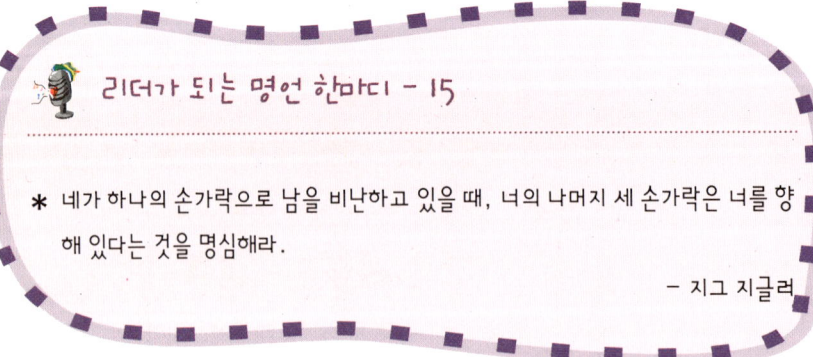

리더가 되는 명언 한마디 – 15

✻ 네가 하나의 손가락으로 남을 비난하고 있을 때, 너의 나머지 세 손가락은 너를 향해 있다는 것을 명심해라.

– 지그 지글러

●● 1. 전문 용어나 주제와 관련된 명사들은 정확하게 써라.

●● 2. 문장을 너무 길게 늘어놓지 말아라. 말로 할 때는 한 문장 한 문장이 명확하게 전달되어야 하므로 긴 문장은 효과적이지 못하다.

●● 3. 강조하는 부분은 밑줄을 긋거나 색깔을 다르게 하여 눈에 띄게 해라. 발표를 하다보면 일부를 빼먹고 넘어가는 일이 있는데 이런 문제를 없애 준다.

●● 4. 불필요한 말이 없도록 하고 접속사는 꼭 필요한 부분에만 사용한다. 주제와 상관없는 말은 발표의 핵심을 흐리게 하며 접속사를 많이 사용하면 듣는 사람들을 갑갑하게 한다.

여러 번 읽어 보아라

"내가 얼마나 생각을 많이 하며 쓴 글인데 설마 기억이 나지 않는 일이 있겠어."

"내 기억력이 얼마나 좋은지 알지. 걱정하지 말라구."

발표할 때 자기 스스로를 너무 믿은 나머지 큰 실수를 저지르는 사람들이 있다.

발표 이전까지는 머릿속에 발표할 내용이 한 편의 영화

처럼 잘 정리되어 있었다. 그런데 막상 발표하는 입장이 되면 상황은 달라진다. 우리에게는 '긴장'이라는 심리적 현상이 일어나기 때문이다.

아무리 천재라고 할지라도 많은 사람들 앞에 서서 발표를 하거나 자리에서 일어나서 여러 사람을 보고 말할 때는 중간 중간 기억이 나지 않게 된다.

발표의 달인이라면 그 순간을 적당한 말로 대처해나갈 수 있지만 발표를 많이 경험하지 않은 사람이라면 중간에 말이 막히면 갑작스런 상황 때문에 당황하게 된다. 한참 동안 머뭇거리면서 진땀을 빼곤 한다.

작성한 원고를 눈앞에 두고도 긴장이 되면 어느 부분에 말해야 할 내용이 있는지 찾지 못하게 되고 긴장은 점점 더 심해져 끝내 발표를 엉망으로 만들기도 한다.

우리가 웅변을 할 때를 생각해 보자.

웅변을 아무리 잘하는 사람이라 할지라도 중간 중간에 원고를 보고 다음 말을 이어가곤 한다. 교탁에 서서 설명을 하는 선생님들도 마찬가지다.

이미 몇 번씩 읽어보고 자신이 잘 알고 있는 내용이면서도 여러 사람을 앞에 놓고 말을 하다보면 누구나 긴장이 되고 자칫하면 말이 엉뚱한 방향으로 흘러갈 수 있다.

이같은 실수를 없애기 위해 하는 것이 바로 발표의 기술 중 하나다. 말하고자 하는 핵심을 잃지 않고 잘 이어가기 위해서는 원고를 확인하면서 이어가는 테크닉이 필요한 것이다.

발표할 내용을 글로 구성했다면 발표를 하기 전에 최소한 서너 번씩은 읽어보아야 한다.

그러나 미리 작성해둔 글을 한 번도 읽어보지 않은 상황에서 막상 발표를 하려고 사람들 앞에 서면 자신이 써놓은 원고면서도 한눈에 들어오지 않는다.

자신이 어디까지 말을 했는지 다음에는 무슨 말을 해야 하는지 알 수 없게 된다.

하지만 작성한 글을 미리 여러번 읽어본 사람은 갑자기 하려던 말을 잊었다고 해도 현재 자신이 말하고 있는 내용이 몇 번째 페이지 어디쯤이라는 것을 알고 있기 때문에 다음 할 말이 생각나지 않더라도 쉽게 원고 확인을 통해 위기를 훌륭하게 넘길 수 있게 된다.

또 발표할 원고를 읽어보면서 반드시 해야 하는 한 가지는 밑줄을 긋는 것이다. 중요한 부분이나 내용의 전개상 다른 이야기로 넘어가는 부분은 좀더 큰 글씨나 밑줄을 그어 놓으면 눈에 쉽게 띄는데다 내용의 전개를 막힘없이 이어가게 해준다.

발표할 내용을 글로 구성했다면 발표 이전까지 최소한 서너 번씩은 읽어보아야 한다.

리더가 되는 명언 한마디 - 16

* 좋은 일을 생각하면 좋은 일이 생긴다. 나쁜 일을 생각하면 나쁜 일이 생긴다. 여러분의 인생은 여러분이 하루 종일 생각하고 있는 것, 바로 그것이다.

─ 조셉 머피

무엇을 준비할까

What

1. 무작정 읽기보다는 글의 흐름을 이해하고 내용을 생각하면서 읽어라.
2. 문장이 너무 길어 호흡 조절이 필요한 부분에는 쉼표나 꺾쇠 표시(∨)를 해둔다.
3. 강조하고자 하는 특정 부분은 눈에 띄는 색상의 펜으로 밑줄을 그어둔다.
4. 어느 부분에서 제스처를 취해야만이 효과적인지 연구한다.
5. 청중들로부터 질문이 나올 만한 부분에 대해서는 더 깊이있게 관련 자료를 챙겨서 간략하게 요약을 해두거나 밑줄을 긋고 그 아래에 메모를 해주면 좋다.

　문장을 구성하거나 대화를 하고자 할 때는 반드시 그 내용을 전달해 줄 상대방이 있기 마련이다. 그렇다면 상대방이 가장 이해하기 쉽도록 문장을 만들거나 말을 해야 한다.

　이럴 경우 상대방에게 말이나 글을 가장 쉽게 이해시킬 수 있는 테크닉 중 하나가 바로 6하원칙에 의한 구성법이다.

'누가' '언제' '어디서' '무엇을' '왜' '어떻게' 라는 6 하원칙은 남녀노소 누구에게나 가장 쉽고 편한 구성법이다. 이를 테면 지금 배가 몹시 고프다는 것을 6하원칙 하에 논리적으로 정확하게 말한다면 "나는(Who) 지금(When) 학교에서 집으로 돌아왔는데(Where) 냉장고에(What) 있는 과일을 보이는 대로 먹어 치웠다(How). 점심시간에 시험공부를 하느라 미처 밥을 먹지 못했기 때문이다(Why)."라는 식으로 말해야 한다.

실제로 가족의 중요성을 발표하기 위해 간단한 문장을 구성한다고 치자.

A는 이렇게 구성했다.

"가족은 누구에게나 소중한 사람들이다 그래서 서로 사랑하고 아껴주어야 한다."

B는 조금 다르다.

"가족은 매우 소중한 사람들이다. 서로 아껴주고 사랑해주기 때문에 그 누구보다도 소중할 수밖에 없다. 가족을 사랑하는데는 그 어떤 이유도 필요하지 않으며 오랫동안 행복하게 살아야 한다. 나는 우리 가족 중에서도 특히 우리 엄마를 가장 많이 사랑하고 존경한다."

C의 구성은 어떠할까.

"가족은 서로 같은 피를 나눈 사람들로 가정이라는 공동체에서 함께 먹고 자고 생활한다. 자식은 부모의 피를 이어받아 이 세상에 태어났다. 때문에 부모는 자식을 분신처럼 사랑하고 보살피게 되고 자식은 부모에게 감사하는 마음과 존경심을 갖게 되는 것이다. 그렇기 때문에 이 세상에서 가장 가깝고 사랑스러운 존재로 여기고 늘 관심을 가져야 하는 것이다."

세 사람 중 C의 구성이 가장 적절하다고 볼 수 있다. C는 가족의 중요성과 그 이유 그리고 어떻게 생각해야 하는지에 대해 A와 B에 비해 보다 구체적으로 설명했기 때문이다.

어떤 사람들은 말을 할 때 먼저 결론을 말해놓고 그 이유나 대책에 대해 말하지 않는다. 또 누가 그 이야기의 주인공인지조차 알 수 없는 경우도 있다.

말이나 글은 상대로 하여금 가장 쉽고 빠르게 이해될 수 있도록 구성되어야 한다.

말을 하거나 문장을 만들 때 반드시 6하원칙의 여섯 가지 요소가 완벽하게 맞지 않을 수도 있다. 하지만 가능한한 이 틀에 맞추어 글을 만들거나 말을 하게 되면 보다 이해하기 쉽고 잘 정리된 듯한 느낌을 받게 된다.

이를 테면 6하원칙의 기본 요소들은 어느 무언가가 빠진

듯하거나 잘못되었다는 느낌을 갖지 않도록 하는 완벽한 글
구성의 부속품과 같은 역할을 한다.

 리더가 되는 명언 한마디 - 17

* 꿀벌이 다른 곤충보다 존경을 받는 까닭은 부지런하기 때문이 아니라 남을 위해서
일을 하기 때문이다.

— R. M. 크리소스톰

What

가능과 불가능의 경계선은 그 일을 하고자 하는 사람의 결심에 달려 있다.

'나는 꼭 그것을 하고 싶어.' 라고 마음 먹는 순간

우리는 가능쪽으로 발걸음을 옮겨놓은 것이다.

똑같은 원고를 보고 말하는데도 말하는 사람에 따라 전달 방법이나 효과는 제각각 나타난다. 단지 목소리가 좋다거나 그 사람의 인기가 높기 때문이라고 말할 수는 없다.

말을 함에 있어서 어떤 제스처나 표정으로 말을 전달하는가? 목소리의 크기는 어떠한가? 얼마나 자신감에 차 있는가? 등등. 이를 테면 발표의 기술이 누가 더 뛰어나는가에 따라서 결과는 달라진다.

How
어떻게 해야 효과적일까?

　　공부를 열심히 하는 것은 지금 당장 학생으로서 해야 할 현실적인 일이지만 발표를 효과적으로 잘하는 것은 발 등에 불떨어진 것처럼 급하게 해결해야 할 일은 아니다. 다만 학생들이 성장해서 사회활동을 하게 되면 어디에서든지 발표는 필수가 되며 곧 능력을 판가름하는 기준이 된다. 더욱 중요한 것은 발표의 능력이자 기술은 하루아침에 이루어지는 것이 아니고 꾸준히 반복하고 스스로 노력함으로써 길러진다는 사실이다.

시작하는 첫마디가 중요하다

'첫 단추를 잘 꿰어야 한다'는 말이 있다.

오래 전부터 전해져 내려오는 이 속담은 시대가 변해도 우리가 살아가는데 아주 유익한 삶의 지침이 되고 있다.

무엇이든 시작부터 제대로 이루어져야만이 그 다음 결과도 좋은 결과를 낳기 마련이다. 첫 단추를 잘못 꿰면 계속

해서 단추와 단추 구멍이 어긋나듯이 일이든 사업이든 공부든 처음 시작이 중요한 게 사실이다.

발표도 마찬가지이다. 많은 사람들 앞에 섰을 때 처음으로 하는 말이 어떤 말이며 그 목소리가 어떠한가에 따라서 청중의 관심을 집중시키느냐 못시키느냐가 결정된다.

그저 평범하게 "안녕하세요. 환경오염 문제에 대해 발표를 하게 된 이민수입니다."라고 말한다면 대부분의 사람들은 뭔가 기대했던 것이 무너지는 듯한 느낌을 받을지도 모른다. 뭔가 특별하고 개성 있고 활력 넘치는 시작을 기대했는데 발표자의 인사가 너무도 일상적이기 때문이다.

시작부터 기대가 무너지면 그 다음에 하는 말에 관심을 집중시키기가 어려워진다. 발표자가 나름대로 다양한 화술을 이용하여 사람들을 주목시키지 않는다면 그의 발표는 물에 술탄 듯 술에 물탄 듯 그렇게 무미건조한 발표가 되고 말 것이다.

그러나 다른 발표자의 경우 "여러분 지금 몇시지요? 3시 맞지요. 우리의 시계는 3시지만 환경오염의 시계는 지금 5시가 넘어서고 있습니다. 앞으로 10년 후에는 캄캄한 어둠을 알리는 8시를 가리킬지도 모릅니다. 그때가 되면 우리 환경은 희망이 보이지 않는 캄캄한 암흑 같은 세계일 겁니다. 때문에 여러분들에게 환경오염의 문제점과 심각성을 알려드리고자 제가 발표에 나섰습니다."라고 했다.

첫 마디를 질문으로 그것도 숫자로 시작한 이 사람의 발표는 시작부터가 뭔가 달라보인다. 청중들의 관심을 끌기에 충분한 것이다.

이처럼 발표에서도 처음 시작하는 말이 매우 중요한 게 사실이다. 때문에 유명강사들은 저마다 강단에 올라서자마자 가장 처음으로 무슨 말을 해야 하는가에 대해 많은 고민을 하며 그들 나름대로 독특한 인사법이나 문장을 생각해낸다.

어떤 사람은 독특한 목소리로 인사를 하여 먼저 청중으로 하여금 한바탕 웃게끔 하며 또 어떤 사람은 유머나 시사적인 이야기를 말머리로 꺼내어 청중의 시선을 집중시킨다.

그런가하면 어떤 이는 아주 짧지만 의미심장한 말을 먼저 꺼내는데 동시에 강한 목소리와 강렬한 눈빛으로 청중들을 향해 자신만의 카리스마를 발산한다.

이렇게 되면 청중들로서는 그를 다시 한 번 보지 않을 수 없게 된다.

발표에는 여러 가지 종류가 있을 것이다. 하지만 그 어떤 발표든 보다 효과적이기 위해서는 청중의 관심과 시선을

주목시키는 그 무언가가 필요한 만큼 시작부터 남다른 힘을
보여주는 것은 매우 중요한 것이다.

＊ 많은 일을 닥치는 대로 해본 사람은 그만큼 많은 실수를 저지르고 패배를 당한다.
하지만 그는 아무것도 하지 않는 가장 큰 실수를 저지르지는 않는다.
— 벤자민 프랭클린

●● 1. 목소리에 힘을 주어야 한다. 목소리에 힘이 없으면 청중의 시선이 한 곳
　　으로 모아지지 않는다.

●● 2. 질문식 또는 의문형 문장은 듣는 사람들의 관심을 끄는 힘이 있다.

●● 3. 개성 있는 독특한 인사법이나 제스처는 분위기를 즐겁게 한다.

●● 4. 시선은 정면의 청중을 향하고 눈을 크게 뜨고 말해라.

●● 5. 첫 문장은 가능한한 짧게 말해라.

자신 있게 말해라

"이번 기말고사에서 우리 반 성적이 다른 반들에 비해 형편없이 뒤졌습니다. 우리들을 열심히 가르쳐주신 선생님으로서는 많이 속상해 하실 일입니다. 그리고 여러분들 우리 반이 다른 반에 뒤졌다는 생각을 하면 기분이 좋지 않을 겁니다. 그렇다면 어떻게 해야 할까요? 저는 이렇게 생각합니다. 다음 시험에서는 더욱 노력하여 반드시 가장 우수한 반이 되도록 노력해야 한다고. 하루에 10분이라도 일찍 등교하여 공부하는 모습을 보여주는 것도 노력 중 한 가지가 될 겁니다."

"잘은 모르겠지만 이번 기말고사에서 우리 반이 아마 꼴찌였던 것 같아요. 서~선생님이나 여러분들이나 모두 속상하고 안타까운 일이지요. 아마 여러분도 제 생각과 같을 거예요. 그러니까 다음에는 열심히 해야 된다고 봅니다. 아마 열심히 노력하면 잘 될 거라고 봅니다."

똑같은 입장에서 같은 말을 전달하는데도 한 사람은 자신감을 갖고 설득력 있게 말하고, 또 다른 사람은 더듬더듬대며 뭔가 자신 없고 우울해 보인다.

두 사람의 차이는 무엇일까?

우리는 먼저 자신있게 말하는 것과 겸손한 것이 각각 어떻게 다른지 생각해 볼 필요가 있다.

매사에 모든 것을 자신만이 알고 있는 것을 자랑이라도 하듯 으시대면서 큰소리로 말하는 사람은 겸손하지 못한 사람이라고 말한다. 또는 '잘난 척하는 사람'이라고 말하기도 한다.

이런 사람들은 자기 착각에 빠져 있는 사람으로 자신이 가장 잘난 사람이라고 생각하거나 남들 앞에서 자신을 드러냄으로써 만족을 얻으려는 사람들로 겸손하지 못한 사람들이라고 한다. 지식이 풍부하다 할지라도 자신이 나서서 말해야 할 자리와 그렇지 않은 자리를 구분하지 못하기 때문이다.

하지만 학급 토론이나 자기 주장을 밝히는 공식적인 자리에서는 자신이 갖고 있는 생각을 자신있게 발표하는 것이 당연한 일이며 자신감의 표현인 것이다.

지나치게 겸손을 중시하거나 남 앞에서 말하는 것을 부끄러워하는 사람은, 큰소리로 자신있게 말해도 상관없는 누구나 인정하는 공식적인 자리에서도 매우 조심스럽게 말하고 수줍은 듯이 말하곤 한다.

이것은 결코 좋지 않은 습관이며 발표하는 사람으로서의 바른 자세가 아니다.

발표할 때에는 사전에 준비한 내용이나 머릿속에 담고 있는 생각을 자신 있게 솔직하게 밝혀야 한다. 자신감이 없는 말투는 듣는 사람들로 하여금 신뢰감이 떨어지게 하는 좋지 않은 요인이 된다.

자신감이 없는 사람들은 발표할 때에 '이럴 수도 있다' '아마도' '글쎄' '그러니까' '잘은 모르겠지만' '그런 것 같다' 등등의 분명하지 않은 애매모호한 표현을 자주 사용한다. 또 손을 불안하게 움직인다거나 고개를 땅바닥으로 떨구며 말하는 등 자세가 반듯하지 않다.

　　발표를 한다는 것은 자기 생각을 다른 사람들에게 전달하는 것이다. 자기 생각이 분명하지 않으면 말을 할 때에도 자신감이 없고, 표정에도 자신감이 없는 표정을 짓게 된다.

　　자신감이라는 것은 자기 자신을 믿을 수 있다는 뜻이다. 내가 나를 믿어주지 않으면 누가 나를 믿을 수 있을까.

　　거울 속에 비친 나를 들여다보면 이 세상에 나라는 사람은 오직 하나 나밖에 없다. 이렇게 멋진 나를 다른 사람에게 알려주는 것도 멋진 일이다.

　　이제부터 자신있게 말하고 자신있게 행동하는 습관을 기르도록 한다.

이렇게 하자

1. 긴장을 버리고 편안한 마음에서 말해라.

2. 청중의 눈을 바라보면서 말해라.

3. 힘있는 적당한 크기의 목소리로 단어를 정확하게 전달해라.

4. 몸을 꼬거나 움직이지 말고 자세를 반듯하게 하고 말해라.

5. 중간 중간 말을 끊거나 쉬어가면서 여유있게 말해라. 너무 급하게 말하면 가벼워보이거나 의사 전달이 제대로 이루어지지 않는다.

어떻게 해야 효과적일까

How

표준어를 사용해라

　말을 하거나 발표를 할 때 사투리, 욕, 은어, 속어 등을 사용하지 않고 표준어를 사용해야 한다. 표준어란 한 나라의 표준이 되는 말로 우리 나라에서는, 교양 있는 사람들이 두루 쓰는 현대 서울말로 정함을 원칙으로 하고 있다.

　예를 들어보자. 국회의원들은 전국 각 지역에서 그 지역을 대표하는 사람으로 해당 지역민들의 선거에 의해 뽑게 된

다. 국회의원이 되면 국회의사당 회의실에 모여 나라일에 대해 다양한 토의를 하게 된다.

이때 경상도 어느 지역 국회의원이라고 해서 "니 지금 뭐라카노. 내는 내 뜻대로 할 거이니 니는 니 방식대로 하든지 마 때려치우든지 해라."고 말하지 않는다.

충청도 출신이라고 해서 "그러니까유. 거시기 뭐여. 그 법은 절대 안 된다니까유. 그럼 안 되지유."라고 사투리를 사용하진 않는다.

또 화가 난다고 해서 자신의 의견에 상대방이 반대의사를 표시했다고 해서 욕을 하거나 저속한 용어를 사용해서도 안된다.

발표는 작게는 몇 명이 모인 자리에서도 하지만 많게는 대통령이나 장관들처럼 국민 모두에게 어떤 사실을 발표하기도 한다.

또 텔레비전이나 라디오의 뉴스를 들어보면 우리 나라 사람 모두를 대상으로 새로운 정보나 사실을 전달해 준다. 따라서 방송국의 아나운서들은 뉴스를 전달할 때 정확한 발음과 표준어를 사용하는 것이다.

발표할 때 표준어를 사용하는 이유는 누구나 알아들을 수 있는 말이면서 뜻이 정확하게 전달되도록 하기 위해서다.

사투리나 속어, 은어 등은 그 말을 사용하는 일부 지역이나 계층의 사람들만 쉽게 이해할 수가 있다.

또 개그맨들처럼 말하는데 다양한 방법을 사용하여 상대방으로 하여금 웃게 만드는 것 또한 발표와는 전혀 다른 것임을 명심해야 한다.

발표 시간이 길어지고 조금은 자연스럽게 이어가도 되는 발표라면 중간 중간에 한두 번 유머 감각을 살려서 말하는 것은 나쁘지 않다. 오히려 청중들의 시선을 집중시키는 효과적인 방법이 된다.

하지만 유머나 개그적인 요소를 너무 자주 사용하면 발표하고자 하는 내용의 전달이 희미해질 수도 있어 이는 매우 조심스러운 부분이다.

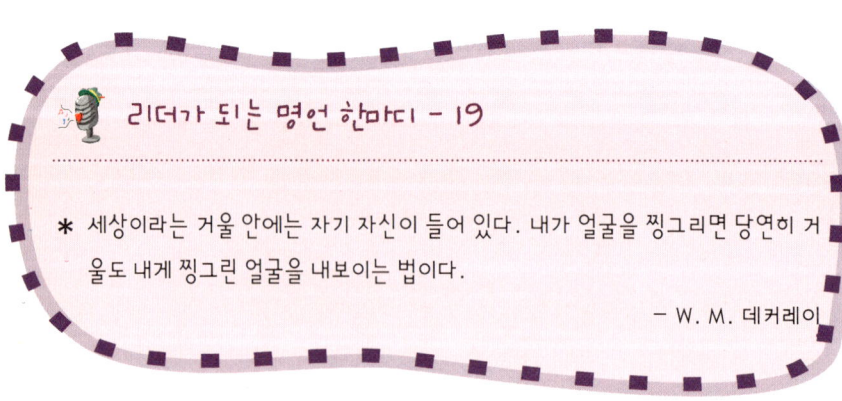

리더가 되는 명언 한마디 - 19

* 세상이라는 거울 안에는 자기 자신이 들어 있다. 내가 얼굴을 찡그리면 당연히 거울도 내게 찡그린 얼굴을 내보이는 법이다.

— W. M. 데커레이

●● 1. 빨리 말하려는 버릇이 있다면 고쳐라. 빨리 말하다보면 표준어가 아닌 언어들을 많이 사용하게 된다.

●● 2. 의문이 가는 말은 국어사전에서 찾아보아라. 우리가 자주 사용하면서도 표준어인지 아닌지 정확히 모르는 말들이 많다. 정확하게 알지 못하는 말은 사전에서 확인해 본 후 사용해라.

●● 3. 뉴스를 자주 접해라. 뉴스를 진행하는 아나운서들은 표준어를 가장 잘 사용하는 직업인들이다. 이 사람들이 말하는 것을 귀담아 듣다보면 자연스럽게 표준어에 대한 인지도가 높아진다.

질문을 받아라

우리가 발표를 할 때는 반드시 그 발표를 들어주는 누군가가 있기 때문에 하게 된다. 아무도 들어주는 사람이 없는 발표는 혼잣말에 불과하므로 아무런 의미가 없다. 이는 매우 중요한 의미를 지닌다.

어떤 사람들은 발표를 하고 난 후 곧장 자기 자리로 돌아간다. 하지만 발표에 대한 기본적인 예의와 상식을 지닌

사람들은 그렇지 않다. 자신이 발표할 내용을 다 발표하고 난 후에는 듣는 사람들에게도 의문점이나 궁금한 점을 질문할 수 있는 기회를 마련한다.

이를 테면 발표를 한 후 "이상으로 저의 발표를 마치겠습니다. 제가 발표한 내용에 대해 잘 듣지 못했다거나 이해가 되지 않는 부분 또는 의문이 생기는 점이 있다면 말씀해 주시길 바랍니다."라고 말해야 한다.

정작 알아들어야 할 사람들이 듣지 못했다거나 이해되지 않는다면 그 발표는 의미없는 발표일 수밖에 없는 것이다.

또 자신이 발표를 위해 꼼꼼이 자료를 모으고 신중을 기했다 할지라도 그것이 반드시 100% 정확한 내용이라고 장담할 수 는 없는 것이다.

따라서 발표를 듣고 반대 의견을 제시하거나 잘못된 부분이 있음을 지적하는 것에 대해서는 기꺼이 받아들이는 것이 예의라고 할 수 있다.

예를 들어 학급 토의 시간이라고 하자.

나는 "우리 학급의 유리창틀은 너무 지저분합니다. 빗물이나 먼지가 창문틀에 끼어 있는데도 청소할 때 창문만 닦을 뿐 창문틀은 닦지 않는 것 같습니다. 창문틀도 매일같이 청소를 해야 한다고 생각합니다"라고 의견을 발표했다고 치자.

이 의견에 반대하거나 다른 의견을 갖는 친구들도 있을 것이다.

따라서 한 친구가 "제 생각은 다릅니다. 청소 시간이 여유있는 편이 아니므로 매일같이 창문틀을 청소할 필요는 없다고 생각합니다. 창문틀 청소는 가능한한 시간적 여유가 있는 대청소를 하는 금요일 청소 시간에 하는 것이 좋겠다고 봅니다"라고 말할 경우 자신의 생각과 다른 의견을 제시했다고 해서 불쾌한 표정을 짓거나 자신의 의견만 강조하는 것은 바람직하지 못한 태도다.

질문의 내용이 발표의 내용과 전혀 다른 의미없는 질문이라면 적당히 무시해도 상관없지만, 관련된 질문이라면 충분히 받아들이고 참고해도 좋을 내용이라면 발표 후 좋은 자료나 정보로서 활용해야 한다.

질문을 받는다는 것은 한 가지 주제에 대해 여러 가지 생각을 들을 수 있다는 특징이 있다. 물론 주제에 대해 의문이 나서 질문하는 경우도 있겠지만 자기 생각과 다를 때 질문하는 경우도 많다.

특히 모임이나 학급에서 토론할 때 발표자의 생각과 같으면 쉽게 결론이 나겠지만 발표자의 생각과 다른 의견이 있

을 때는 질문을 통해 의문나는 것을 물어보고 그것에 대해 반대 의견이 있으면 발표할 수 있는 기회가 되는 것이다.

이럴 때 발표한 사람은 자기의 의견과 다르다고 해서 기분나빠 한다면 토론의 기본을 모르는 행동이다.

내 의견과 다른 질문을 잘 들어보면 내가 미처 생각하지 못했던 새로운 정보를 얻게 될 수도 있다.

그러므로 항상 발표가 끝나면 사람들에게 질문을 받거나 다른 의견이 있으면 얼마든지 다른 사람들의 생각을 받아들일 마음의 준비를 해야 한다.

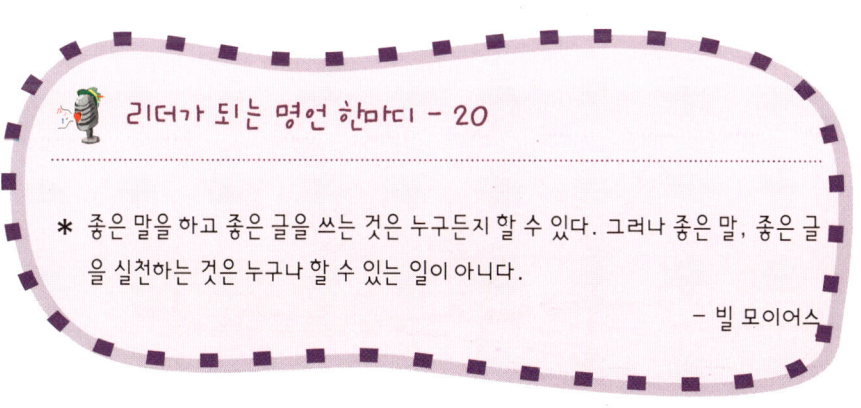

리더가 되는 명언 한마디 - 20

＊ 좋은 말을 하고 좋은 글을 쓰는 것은 누구든지 할 수 있다. 그러나 좋은 말, 좋은 글을 실천하는 것은 누구나 할 수 있는 일이 아니다.

― 빌 모이어스

이렇게 하자

●● 1. 질문을 받을 때는 제한적이어야 한다.
   – 모든 사람에게 질문의 기회를 줄 수 는 없는 일이다. 따라서 질문 희망
     자가 많은 경우에는 인원을 몇 명으로 제한하는 방법을 써야 한다.
●● 2. 반대의견일지라도 묵묵히 들어주어라.
   – 자신과는 다른 생각이나 견해를 질문자가 펴더라도 일단 묵묵히 들어
     주는 것이 예의다. 일단 들어준 후 덧붙여 설명을 해야 하거나 이해가
     필요하다면 하도록 한다.
●● 3. 발표내용과 무관한 질문은 무시해라.
   – 많은 청중들이 있을 경우 그중에는 장난삼아 질문을 하여 분위기를 흐
     려놓는 사람들도 있다. 이런 경우 상대방의 질문은 발표내용과 무관
     한 질문이기에 답할 가치가 없음을 밝혀라.
●● 4. 당장 답변이 곤란한 경우 발표 후 개인적으로라도 답해 주어라.
   질문자의 질문에 당장 답변하기 어려운 내용일 경우 그냥 지나치지는 말
   아라. 발표 후라 할지라도 질문에 맞는 답변을 찾아 전달해 주는 것은
   발표자로서의 매우 바람직한 에티켓이다.

강조가 필요할 때는 강하게 표현해라

한 유명 가수가 어느 축제에 초청되어 왔다. 넓은 강당에서 그 가수는 열화와 같은 박수를 받으며 노래를 부르기 시작했다. 그런데 그 가수의 노래는 조용하게 시를 읊듯이 부르는 게 멋있는 가수였다. 더구나 강당이 워낙 넓은 탓인지 읊조리듯 부르는 노래 소리는 우렁차게 울려퍼지지 않고

How

웅얼거리듯 울려퍼졌다.

사람들은 잘 들리지 않으니까 옆사람과 이야기하고 이러다가 노래는 끝이 났다.

그 가수는 기분이 나빴을 텐데도 이렇게 넓은 장소에 자기와 맞지 않는데도 불러준 사람들에게 감사하다면서 기쁜 표정으로 인사하였다.

콘서트나 축제의 분위기에 따라 초청하는 가수도 달라야 할 것이다.

이런 일은 우리가 발표할 때도 마찬가지이다. 발표하는 장소가 어디냐에 따라 발표 테크닉이 달라져야 한다는 교훈을 배우게 된다.

친구와 단 둘이 말을 할 때는 조금 작은 소리로 상대방의 귀에 거슬리지 않도록 조심스럽게 대화를 나누는 것이 대화 예의다.

하지만 많은 사람들 앞에서 발표를 할 때는 조금은 크게 목소리를 내어 말을 해야 한다. 더구나 실내가 아니라 실외에서 할 때는 마이크를 사용한다고 할지라도 평소보다 더 큰 목소리로 말을 해야 한다.

단, 큰 목소리로 말을 할 때는 속도를 조절해야 한다. 친

구와 대화를 나누듯이 빠르게 말하게 되면 청중은 알아듣기가 어렵다.

따라서 많은 사람들 앞에서 말을 하게 될 때는 조금 큰 소리로, 또박또박 한 문장씩 끊어서 말해야 하며 문장이 길 경우에는 중간 중간 끊어서 말해야 한다.

그렇다면 어느 특정 부분에서는 강조를 해야 하는데 어떻게 해야 사람들이 보다 중요하게 그리고 오랫동안 기억이 되도록 할 수 있을까?

먼저 강조해야 하는 문장은 눈에 띄도록 밑줄을 긋거나 큰 글씨로 표시를 해두어야 한다.

말을 할 때는 두 가지 방법이 있다.

한 가지는 앞의 말이 끝나고 강조하는 말을 하기 전에 호흡을 한 번 더 하면서 약간의 틈을 준다. 그런 다음 청중을 바라보면서 전보다 더 작은 목소리로 매우 중요하다는 것을 넌지시 밝힌다.

이를 테면 '한 가지 우리가 명심해야 할 것이 있습니다' 라던가 '다음 말에 귀를 기울여주십시오' 라고 부탁을 한다. 그리고 본격적으로 강조하고자하는 말을 할 때는 아주 큰 목소리로 청중이 섬뜩한 느낌을 갖도록 말하는 것이다.

또 다른 한 가지는 청중을 향해 호소하듯 먼저 청중의

귀와 눈을 주목시키는 것이다. 이 경우 '여러분!'이라고 큰 소리로 말을 하면 좋다. 이 말에 청중은 다음 무슨 말을 하려 하는지 관심을 집중하게 된다. 이때 더 큰 목소리로 강조하고자하는 말을 하면 매우 효과적이다.

이 방법은 웅변을 하거나 많은 사람들 앞에서 발표를 할 때 사용하는 발표 테크닉이다.

이같은 두 가지 방법은 일반적으로 강의를 많이 하는 유명강사나 연설을 하는 사람들이 자주 사용하는 방법이다. 따라서 발표의 기술이 몸에 익숙해지지 않은 보통사람들은 미리 몇 번이고 연습을 해야만 자연스럽게 된다.

말이 자연스럽게 이어지지 않을 경우 자칫하면 분위기만 어둡게 만드는 일이 될 수도 있다.

단정한 옷차림은 기본이다

"아까 웅변 하던 4반 아이 정말 잘 하던데. 그런데 머리가 그게 뭐야. 너무 지지분해 보이더라구."

"맞아 목소리 좋고 얼굴도 잘 생겼는데 머리는 며칠 감지 않은 것처럼 보이더라. 옷은 어떻구. 많은 사람들 앞에서 발표를 하는 사람치고는 외모가 너무 형편없었어. 아무리 발표를 잘 하면 뭐해."

웅변 대회를 구경했던 두 친구가 나누는 대화 중 일부다. 웅변은 크고 맑은 목소리로 공감이 가는 주장을 폈는데 옷차림새가 외모가 단정하지 못해 아쉬웠던 점을 거론하는 것이다.

이럴 경우 단정치 못한 옷차림새 때문에 웅변에서 받은 높은 점수를 깎아 먹는 일이 생길 수도 있다.

'보기 좋은 떡이 먹기도 좋다' 는 말이 있다.

사람 역시 마찬가지가 아닐까. 외모가 여러 아이들 중에서도 유독 옷차림이 깔끔한 아이에게 관심이 더 가는 것은 어쩔 수 없는 사실이다.

옷차림이 깔끔하다는 것은 다시 말해 단정하다고 말할 수 있다.

단, 우리는 '옷차림이 단정하다' 는 말과 관련하여 한 가지 착각하지 말아야 할 것이 있다.

값비싼 유명 브랜드 옷을 입거나 다른 사람들보다 특이한 옷차림을 하는 것과는 엄격히 구분된다는 것이다. 헌 옷일지라도 떨어진 곳을 고치고 깨끗하게 세탁하여 몸에 맞게 입으면 그것이 바로 깔끔한 것이다.

요즘 학생들 중에는 유명브랜드 의류를 좋아하거나 어

른들을 흉내내는 듯한 옷차림을 하는 아이들이 적지 않다. 또 여학생들 중에는 피부에 좋지 않은 값싼 화장품을 바르는 아이들도 있다.

학생답지 못한 일이거니와 불필요한 부분에 낭비를 하는 일이 된다.

학교에 다니는 학생 입장에서는 지나치게 고급스럽거나 화려해 보이는 옷은 가급적이면 피하는 것이 좋다. 아무리 비싸고 특별한 옷을 입는다 할지라도 그 옷차림 때문에 공부가 더 잘 된다던가 자신에게 없는 능력이 생겨나는 것은 아니기 때문이다.

오히려 많은 아이들 중에 유독 돋보이는 옷차림 때문에 스스로가 불편해질 일이다.

단정한 옷차림은 갖고 있는 옷을 깔끔하게 그리고 자기 체형에 맞게 입고 활동하기에 불편하지 않아보이면 된다.

단정한 옷차림은 보는 이로 하여금 눈과 마음을 즐겁게 하고 편안하게 해주므로 평소 생활시에도 옷차림에 신경을 쓰는 것이 좋다.

특히 많은 사람들 앞에 나가서 발표를 해야 하는 입장이라면 평소보다도 조금 더 옷차림에 신경을 쓰도록 해야 할 것이다. 같은 말을 하더라도 단정한 사람이 발표를 하면 보고 듣는 사람들의 마음 또한 한결 즐겁고 더 나아가서는 신뢰감도 더 크게 받게 된다.

 리더가 되는 명언 한마디 - 21

* 인생에서 실패한 사람들의 대부분은 포기하는 그 순간 자신이 성공에 얼마나 가까이 와 있는지를 미처 깨닫지 못하는 사람들이다.

— 토머스 에디슨

 이렇게 하자

1. 이삼일 전에 어떤 옷을 입을 것인지 생각을 해두자. 색상이나 디자인을 선택하기 어렵다면 부모님께 말씀드려 도움을 받는 것이 좋다.
2. 옷장을 확인하여 입을 옷에 이상이 없는 지 살펴보자.
3. 양말이나 신발은 가급적이면 바지의 색과 비슷하거나 같은 것을 선택한다.
4. 머리 또한 단정한 상태인지 확인하자. 옷을 아무리 단정하게 입어도 머리가 지저분하면 깔끔해 보이지 않는다.
5. 팔찌, 목걸이, 귀고리 등의 액세서리는 하지 않는다.
6. 머리띠나 모자를 착용할 경우 너무 강한 색상은 피한다.

실례를 들어
이해를 쉽게 해라

'재활용'에 대해 각자의 의견을 발표하는 기회가 생겼다
고 치자.

A라는 친구는 이렇게 발표했다.

"생활쓰레기 중 재활용품을 잘 분리하여 우리 일상 생활

에 필요한 물건으로 만들어 다시 사용하는 것은 매우 중요한 일입니다. 재활용을 생활화 합시다.”

이를 테면 재활용의 중요함을 직접적이면서 간단하게 밝혔다.

B라는 친구는 A보다는 좀더 구체적으로 말했다.

“생활쓰레기가 발생하는 대로 무작정 버리기만 한다면 지구촌은 쓰레기더미로 변할지 모릅니다. 또한 재활용을 하지 않는 한 우리가 갖고 있는 에너지는 보다 빨리 고갈될 것입니다. 따라서 우리가 재활용품을 보다 실속있게 잘 활용하는 것은 지구환경을 살리고 에너지를 절약하는 길이 될 것입니다.”

A의 말보다는 B의 말이 보다 설득력이 강해 보인다. B는 재활용이 왜 중요한지 그 이유를 설명했기 때문이다. 그러나 C는 또 다르다. A와 B에 비해서 훨씬 더 효과적인 발표를 했다.

“재활용이 중요하다는 사실은 다들 잘 알고 계실 것입니다. 우리가 사용하다 망가진 생활용품이라던가 산업현장에서 나오는 폐기물 중에는 다시 재활용할 경우 경제적으로 큰 이익이 됨은 물론이고 그것들이 쓰레기더미로 쌓여 오랫동안 썩지도 않고 환경을 오염시키는 것을 방지하게 된답니다.

예를 들면 우리가 마시고 버리는 요구르트 플라스틱병을 재활용하여 쓰레기도 줄이고 환경오염도 줄이고 있습니다. 이렇듯 재활용은 환경오염 방지, 에너지 절약, 경제적 이익 등 그 이점이 다양합니다.

그렇다면 더 중요한 것은 어떻게 우리가 재활용을 실천해야 하는가입니다.

우선 우리가 손쉽게 할 수 있는 것들로는 음료수 패트병을 활용하여 멋진 튜브를 만들 수 있습니다. 이를 테면 뗏목 같은 역할을 하는 물놀이 기구를 만들 수 있지요. 또 부분 부분이 구멍 난 옷으로는 시장 바구니 역할을 대신할 수 있는 가방이나 유리창을 닦을 수 있는 손 걸레를 만들어 재활용할 수 있습니다.

이외에도 재활용 아이디어는 무궁무진하답니다. 문제는 재활용을 생활화하여야 한다는 것이지요. 우리 모두 재활용 실천으로 맑고 건강한 환경 만들기에 앞장섭시다."

자신이 어떤 것을 강조하거나 제안하고자 할 때는 그 이

유를 충분히 설명을 해주어야만 사람들의 이해가 빠르다.

또한 문제점이나 실태 또는 방법을 밝힐 때는 가능한한 구체적인 사례나 해결 방법을 상세하게 말해 주어야만 한다.

어떤 것이 중요하다고 강조를 하면서 그것이 왜 중요한지 또 중요한 그것을 위해 무엇을 해야 하는지를 밝혀주지 않는다면 실속이 없는 아주 단순한 발표가 될 수밖에 없다.

리더가 되는 명언 한마디 - 22

* 사람들은 행운이 주어지는 것인 줄 안다. 하지만 주어지는 행운이란 없다. 두 손으로 빚어서 꽉 움켜쥐는 행운만이 있을 뿐이다.

— L. M. 데이

1. 어떤 것을 강조하고자 하는 이유를 밝힐 때는 관련 실태 조사 자료를 활용해라. 인터넷을 이용하면 다양한 자료를 수집하게 된다.

2. 관련 통계를 밝혀주면 보다 효과적이다. 사람들은 숫자에 민감하게 반응하는 한편 신뢰를 갖게 되므로 통계 자료에 있는 숫자를 전달해 주면 된다.

3. 실례는 자신의 생활 주변에서 일어났던 일이나 보고 들은 사례 중 한두 가지를 누구나 이해하기 쉽고 간단하게 요약해서 말한다.

4. 문제와 원인을 밝힌 후에는 반드시 대책도 제안해라.

나만의 개성을 입히자

    각 분야마다 유능한 전문가들은 한둘이 아니다. 우리가 직업적으로 높이 평가해 주는 의사, 교수, 법관, 외교관 등의 직업에 종사하는 사람들도 수없이 많다.

    그런데도 유난히 자기 분야에서 잘 알려진 사람들이 있다. 특히 현대사회는 매스컴의 위력이 큰 만큼 수시로 텔레비전이나 신문 잡지에 등장하여 한 분야의 전문가이자 유명인이 된 사람들이 적지 않다. 일부는 연예인 스타 못지 않은 인기를 누리기도 한다.

그렇다면 이 사람들에게는 뭔가 특별한 것이 있을 것이다. 같은 분야의 수많은 사람들 중에서 특별히 대중의 인기를 얻는데는 분명 그만한 이유가 있기 때문이다.

예를 들면 황수관 박사의 경우 이를 드러내며 미소를 짓되 소리는 내지 않는 표정이 압권이며, 구성애 아줌마는 옆집 아줌마처럼 편안한 말투로 거침없이 이어가는 말투가 대중들의 관심을 사로잡는다. 명강사로 소문난 도올 김용옥 선생도 말투와 제스처 옷차림 모두가 여느 사람들과는 차별화된 개성을 지니고 있다.

이처럼 유명강사들에게 뭔가 다른 그들만의 것이 있다. 바로 개성인 것이다.

똑같은 내용을 가지고 강연을 하더라도 개성이 있는 사람의 강연은 뭔가 다르다. 재미가 없고 딱딱한 어려운 내용의 강연일지라도 개성이 있는 사람이 말하면 청중은 웃고 관심을 집중시킨다. 하지만 보통의 사람이 강연을 하면 지루하고 힘들어 한다.

강연이나 발표는 많은 사람들 앞에서 의미 있는 내용을 가지고 말을 한다는 점에서 같다고 볼 수 있다. 그렇다면 학

급 회의든, 회장 선거에 나가는 것이든 발표자는 역시 말을 할 때 자신만이 지닌 개성을 잘 살려서 말하는 것이 중요한데 이것이 바로 발표의 기술, 즉 테크닉이라고 할 수 있다.

어떤 사람들은 이런 말을 할지도 모른다.

"전문 강사라면 몰라도 학생들이 발표하는데 개성까지 살려야 될 필요가 있어요? 아이들은 조금 부족해도 봐줄 만하잖아요."라고.

학생들이 유명 강사들처럼 능숙하게 발표를 하는 것은 쉽지 않다. 순간순간 재치도 필요하며 많은 사람들 앞에서도 아주 편안한 마음을 가질 만큼 여유도 있어야 하기 때문이다.

하지만 학생들이라고 해서 발표는 대충해도 된다고 생각한다면 그건 절대 아니될 말이다. 발표 기술은 끊임없이 계속되는 습관에 의해 이루어지며 말할 때의 개성 또한 어느 날 갑자기 생기는 것이 아니라 오랜 시간에 걸쳐 한 번 두 번 경험하면서 만들어지는 것이기 때문이다.

다만 학생들은 학생다운 자신만의 개성을 한두 가지 만들어 발표할 때 적용하면 된다. 그것이 어른들의 제스처나 말투를 모방하는 것이어서는 안 된다.

개성이란 다른 사람과는 엄격히 차별화되는 자신만의

것이므로 다른 사람들로 하여금 신선하고 즐거움을 느낄 수 있는 것이어야 한다.

　나를 잘 알릴 수 있는 방법이 무엇인지 잘 생각해 보고 연구해 보면 어른들을 흉내내지 않아도 나만의 독특한 방법을 찾을 수 있다.

　이것이 하나 둘 쌓여갈 때 나의 개성이 만들어지는 것이다.

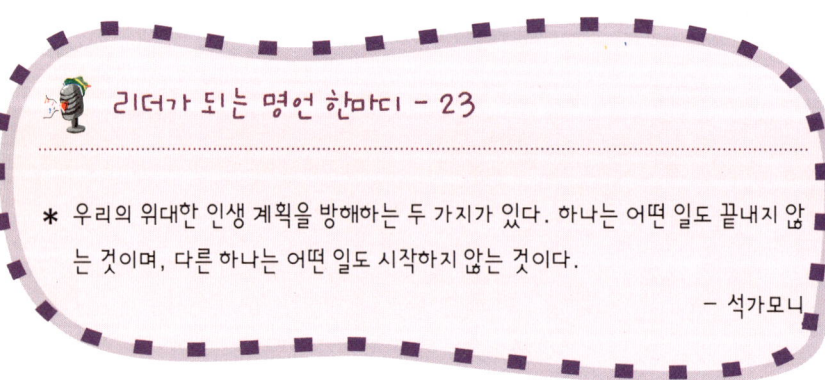

리더가 되는 명언 한마디 - 23

＊ 우리의 위대한 인생 계획을 방해하는 두 가지가 있다. 하나는 어떤 일도 끝내지 않는 것이며, 다른 하나는 어떤 일도 시작하지 않는 것이다.

－ 석가모니

이렇게 하자

1. 자신의 표현력 중에서 남들이 좋다고 인정하는 것이 있다면 그것을 개성으로 만들어라. 이를 테면 남다른 얼굴 표정이지만 보는이들을 즐겁게 해줄 수 있는 것이나 독특한 제스처.

2. 발표에 큰 지장을 초래하지 않는 특별한 억양이나 문장을 사용해라.

3. 너무 자주 사용하면 청중의 웃음이 오히려 발표에 장해 요소가 되므로 시기 적절하게 제한적으로 사용하는 게 좋다.

4. 기존의 유명 강사들의 말투나 제스처를 모방하는 것은 삼가하자.

발음을 정확히 해라

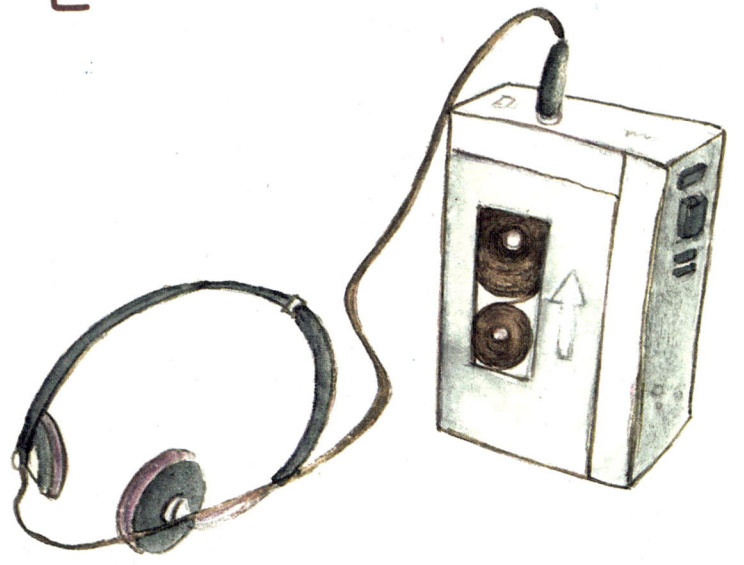

"있잖아. 나 짐 짱 나거든. 컴껨 하다 울 엄마한테 혼났
거들랑. 핸폰으로 문자 날려."

친구들끼리 이런 식으로 대화를 하는 학생들이 한둘이
아니다. 학생들이나 젊은이들은 그나마 무슨 말인지 이해할
것이다. 하지만 어른들은 학생들의 이런 대화를 이해하지 못
한다. 학생들이 대체 무슨 말을 하는 것인지 알 수 없다는 표

정을 지을 것이다.

컴퓨터 활용이 높아지고 컴퓨터를 이용한 채팅문화가 보편화되면서 우리 언어는 국적 불명의 언어가 되어가고 있는 게 현실이다.

특히 어린이들과 청소년층의 경우 컴퓨터를 사용하면서 생겨난 은어나 줄임말 등을 일상 대화를 할 때에도 그대로 사용함으로써 언어 사용에 따른 문제는 더욱 커지고 있다.

잘못된 언어 습관은 친구들끼리는 서로 말이 통하겠지만 학교에서 작문을 쓸 때나 사람들에게 자기 생각을 발표할 때에 문제가 된다.

친구들과 대화할 때에는 이같은 은어나 줄임말 또는 속어들이 통할지 몰라도 어른들 앞에서는 그야말로 버릇없는 말투라고 혼이 날 일이며 많은 사람들 앞에서 발표를 할 경우에는 무엇보다 발표할 자격조차 없는 사람으로 낙인찍히기 십상이다.

가족들이 모인 자리에서 주말농장에 대한 의견을 발표하는 기회가 주어졌다고 하자. 철민이는 자기 차례가 되었다.

"전 별론데요. 친구들과 껨하며 노는 게 더 좋거들랑요. 야채야 사먹음 되죠. 더운날 짱 나게 농장 갈 필욘 없잖아요."

이 말을 듣는 순간 엄마와 아빠의 인상은 굳어질 것이다. 주말농장에서 야채 가꾸는 것을 원치 않는다는 것 때문이 아니다. 자신의 의견을 발표하는 사람으로서 말투나 사용하는 언어가 표준어도 아닌데다 예의없는 그 자체이기 때문이다.

표준어를 사용하여 정확한 발음을 내고 예의바르게 발표를 한다면 이렇게 했어야 했다.

"저는 주말농장이 경제적으로 볼 때 크게 도움이 된다고 생각하지는 않습니다. 야채를 가꾸는데 들어가는 시간과 노동력을 계산하면 사먹는 게 오히려 싼 게 아닌가 하는 생각이 듭니다. 그래서 반대합니다."라고.

학생들 세계에서는 발음 한두 개 정확하지 않은 것 때문에 큰 문제가 발생하지는 않는다. 하지만 어른이 되어 사회활동을 할 때에는 발음을 정확하게 하지 않아서 문제가 생기는 경우가 많다.

서로의 의견을 나누거나 토론을 해야 할 일들이 경제적인 문제와 연결되어 있거나 인간관계를 유지하는데 중요한 역할을 하는 자리라면 말 한 마디 한 마디가 매우 조심스럽고 정확하지 않으면 큰 실수를 하게 되기 때문이다.

영어도 불어도 중국어도 아니다. 우리가 우리말을 사용하는데 있어서 발음이 정확하지 않고 뜻이 상대방에게 제대로 전달되지 않는 말을 한다면 그것은 우리말에 대한 모독인 동시에 당사자는 국민 될 자격이 없다고 보아야 할 것이다.

리더가 되는 명언 한마디 - 24

* 습관의 고리는 너무 작아서 깨닫지 못하다가, 그것을 깨뜨려버리기에는 너무 강해진 후에야 발견된다. 처음에는 거미줄이지만 결국 강철줄이 되는 것이 습관이다.

— 새뮤얼 존슨

손은 필요할 때만 사용해라

어느 선생님이 '우정'이라는 주제를 주고 순서대로 교탁 앞에 나와서 각자의 생각을 발표하라고 했다. 그러자 학생들이 나와서 발표를 하는데 서서 발표하는 모습이 다 제각각이다.

한 친구는 남들 앞에서 말하기가 쑥스러워서인지 양손을 주머니에 넣고 몸을 비틀면서 몇 마디 하다가는 그냥 들

어갔다.

또 한 친구는 갑자기 말할 것이 생각이 나지 않자 한 손으로 턱을 괴면서 한참 생각을 하다가 끝내는 발표를 하지 못하고 울상이 되어 들어갔다.

용기가 충천해 있는 한 친구는 씩씩하게 나오더니 교탁 위에 손을 올려놓고는 우정에 대한 자신의 생각을 큰소리로 발표했다.

다음에 나온 여자 아이는 팔짱을 낀 채로 발표를 했다. 발표할 때 학생들의 손의 위치는 다 제각각이었다.

발표할 때 손은 어떻게 해야 하는 걸까?

많은 사람들 앞에 섰을 때 가장 부담스러운 신체의 일부가 바로 손이다. 차렷 자세로 말하자니 지나치게 부동자세인 것 같고 주머니에 손을 넣거나 팔짱을 끼자니 이건 사람들을 무시하는 태도가 된다. 뒷짐을 지으면 어딘가 부자연스러워 보이고 또 두 손을 가슴 앞으로 모아 움켜쥐면 긴장해 있는 듯한 느낌을 준다.

이처럼 발표자 입장이 되면 손을 어디에 놓아야 할지 어떻게 움직여야 할지 여간 고민스러운 일이 아니다.

차라리 칠판에 글씨를 쓰면서 무언가를 설명한다면 한 손은 글씨를 쓰기 때문에 다른 한 손만 잘 관리하면 된다. 또 강연장이나 회의장 무대 위에 가슴까지 오는 탁자가 있을 경우에는 손의 작은 움직임은 사람들에게 보이지 않으니까 그나마 다행이다.

문제는 앞에 탁자 같은 것들이 없는 상황에서 많은 사람들을 바라보고 섰을 때이다. 어떤 부분을 강조하거나 청중이 이해하기 쉽게 손으로 제스처를 취해야 할 때는 적절히 손을 활용하기도 해야 한다.

따라서 발표할 때에 손은 가능한한 사람들의 눈에 자주 노출시키지 않되 꼭 필요한 상황에서만 제스처의 도구로 사용하여야 한다.

그렇다면 구체적으로 손을 어떻게 해야만 발표할 때 올바른 태도로 발표를 했다는 평가를 받을 수 있을까?

원고나 지시봉 같은 것이 있으면 자연스럽게 활용하고 손동작 같은 것을 자연스럽게 익히도록 하자.

●● 1. 가장 먼저 양 팔을 바지 재봉선을 따라 붙여라.
  – 재봉선 맞춰 팔을 내리되 주먹을 움켜쥐거나 팔에 너무 힘을 주지
    말아야 한다. 자연스럽게 내려놓은 듯한 느낌을 주는 게 좋다.

●● 2. 어떤 부분을 강조할 경우 오른손을 들어 강조의 표시를 한다.
  – 단, 손바닥을 사람들 앞으로 보여서는 안 되며 주먹을 쥔 손을 사람
    들을 향해 내미는 것은 삼가해야 한다. 팔은 앞으로 또는 오른쪽
    45도 방향으로 올리되 손바닥은 자신을 향하도록 한다.

●● 3. 사람들을 향해 손가락을 펴는 것은 안 된다.
  – 사람들 중에서 누군가를 지목하여 질문을 받거나 질문을 던질 때 손
    가락이 청중을 향해서는 안 된다. 이는 상대를 무시하는 무례한 행
    동으로 비춰지므로 반드시 피해야 한다.

●● 4. 평소 좋지 않은 습관은 사전에 버려라.
  – 습관은 무의식중에서 튀어나오기 마련이다. 예를 들면 말할 때 팔
    짱을 끼거나 주머니에 손을 넣거나 발을 움직이거나 하는 등의 습관
    은 발표자가 절대 가져서는 안 되는 자세이다.

표정을 밝게 해라

    사람은 언제 어디서든 밝은 표정을 짓는 것이 자신을 위해서도 다른 사람을 위해서도 좋은 결과를 낳는다. 상가집이나 슬픈 일을 당한 사람 앞에서 또는 진지하게 토론하거나 침묵을 해야 하는 특별한 장소가 아니라면 가능한한 밝은 얼굴에 미소를 띄고 있으면 더더욱 좋다.

    '웃는 얼굴에 침 뱉을 수 없다' 는 속담도 있듯이 사람들은 누구나 밝게 웃는 얼굴을 좋아한다. 많은 사람들 앞에서 발표를 하는 주인공이라면 밝은 표정을 지어야 하는 것은 당연한 일이다.

A는 발표를 하는데 어딘가 아픈 듯 찡그린 표정을 짓거나 불쌍해 보이는 인상을 보였다. 또 B는 발표를 하는데 너무 과묵한 표정에 눈을 부릅뜨는 등 화가 난 듯한 표정을 지었다. 이런 발표자들이 하는 말에 사람들이 귀를 기울일 리가 없다.

사람들은 누구든지 발표자가 밝고 건강한 인상을 지닌 사람이길 희망한다. 또 어둡고 슬픈 이야기보다는 건설적이고 희망적인 이야기를 듣길 원하며 자신들에게 도움이 되는 정보와 지식을 얻고자 한다. 또 자신들이 모르고 있는 새로운 어떤 사실, 즉 뉴스를 듣고 싶어 한다.

이런 사람들에게 어딘가 부족하고 불쌍해 보여 오히려 동정을 받아야 하는 입장이라거나 화가 잔뜩 난 험상궂은 표정이어서 사람들이 눈을 마주치길 꺼려 하다면 그 발표자의 발표는 의미가 없는 그저 허공에 떠서 사라지는 연기 같은 말이 되고 말 것이다.

사람들은 발표자의 말 한 마디에 울고 웃고 감동한다. 또 발표자의 미소 띤 얼굴에서 내일의 희망과 평온을 찾으려고 한다. 그러니 발표자의 입장이란 얼마나 중요한 것인가.

유명한 강사 중 황수관 박사를 예를 들어보면 보다 쉽게 이해가 될 것이다. 텔레비전에 자주 나오는 황수관 박사의 경우 입을 옆으로 크게 벌려서 웃는 표정을 아주 재미있게 연출한다. 이런 황 박사의 표정 때문에 많은 사람들은 그에게서 친근함과 편안함, 그리고 즐거움을 느끼게 된다.

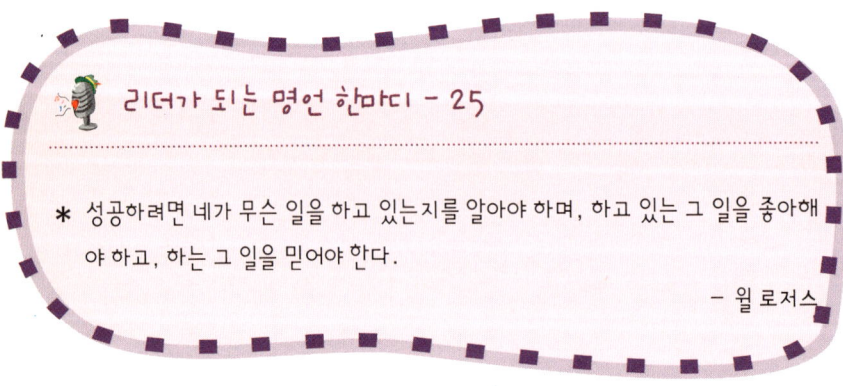

리더가 되는 명언 한마디 - 25

* 성공하려면 네가 무슨 일을 하고 있는지를 알아야 하며, 하고 있는 그 일을 좋아해야 하고, 하는 그 일을 믿어야 한다.

- 윌 로저스

1. 미소 짓는 연습을 해라.
   - 거울을 보고 어떻게 미소를 지으면 더 밝은지 연습을 하는 것이 좋다.
2. 너무 큰소리로 웃지 말아라.
   - 발표자가 너무 크게 웃으면 실없어 보인다.
3. 사람들과 함께 웃어라.
   - 사람들이 웃으면 함께 웃어라. 단, 미소를 보이되 소리를 내지 않는 것이 좋다.

어떻게 해야 효과적일까

How 153

자연스럽게 말해라

"어휴 그 애가 말하는 것은 어쩌면 그렇게 가식적으로 들리는지 모르겠어. 말할 때마다 자기가 무슨 공주인 것처럼 온갖 예쁜 척은 혼자 다하고 목소리는 연약한 척하느라고 작게 말해서 잘 들리지도 않잖아. 특히 선생님이 계시면 더하더라."

"목소리를 예쁜 척 작게 내는 여자애들도 싫지만 허구헌

날 큰소리로 말하는 애들도 난 싫어. 우리반 반장 말하는 것을 한참 듣다보면 짜증이 나. 자기가 무슨 선생님인 것처럼 늘 지시 명령조야. 게다가 목소리는 소리를 지르듯이 크게 내서 귀가 따가울 정도라니까."

　두 사람의 대화는 상대방이 없는 곳에서 마치 헐뜯는 것처럼 들릴 수도 있겠지만 학생들 사이에서는 학교 생활에서 얼마든지 있을 수 있는 대화 장면이다. 실제로 대다수의 사람들은 자기 나이에 맞게 자연스럽게 말하는 사람에게 관심을 갖거나 편하게 생각한다. 어딘가 가식적인 말투가 섞였다거나 목소리 톤이 듣기 거북할 만큼 부자연스럽다면 십중팔구는 상대방의 말을 귀담아 듣지 않으며 상대방과 대화 자체를 멀리 하게 된다. 또 같은 생각을 갖고 있는 사람들끼리 만나게 되면 그런 부류의 사람들에 대해 불쾌한 감정을 말하게 된다.

　단적인 예로 우리가 텔레비전 볼 때를 생각해 보자. 드라마 속에 나온 한 인물이 유식한 척 또는 교양 있는 척하기 위해 지나치게 겸손한 자세와 말투로 일관한다. 또 말 중간 중간에 굳이 사용하지 않아도 되는 영어를 자주 사용한다고 치자.

이런 경우 성격 급한 누군가는 "저 가식적인 말투 좀 보라구. 뭐 저런 사람이 다 있어. 아니 한국땅에서 왜 영어로 말을 하는 거야. 발음도 시원찮으면서."라고 비난의 말을 쏟아 놓기 십상이다.

반대로 편안하고 밝은 인상의 소유자가 자연스럽게 말을 하면서 마치 친근한 이웃집 아저씨처럼 보인다면서 "저 사람은 정말로 순수하고 착해 보여. 그리고 탤런트라고 하기보다는 우리 친척아저씨처럼 정겹게 느껴진다니까."라고 말하게 된다.

이처럼 우리가 일상생활을 하면서 이웃사람이나 친구 또는 가족과 대화를 나눌 때처럼 긴장도 하지 않고 그렇다고 무례한 말투나 화려한 언어를 사용하지 않고 자연스럽게 말하는 것은 모든 사람들이 좋아하고 상대를 편안하게 이끌어 주게 된다.

발표할 때에도 이런 자연스럽게 말하는 습관을 접목시키면 좋다. 사람들은 '발표' 하면 먼저 딱딱하고 무거운 이야기라는 선입견을 갖는 게 보통이다. 따라서 듣는 사람들의 선입견을 말끔히 없애줄 수 있는 것이 바로 자연스럽게 길들여진 편안한 말투와 인상이다.

그 예로 강사들 중에는 말을 시작할 때 가장 먼저 일상

적인 질문이나 대화 먼저 시작하는 사람들이 많다. 바로 이런 것이다.

"점심 맛있게 드셨습니까?"
"요즘 경기가 나빠서 힘드시지요"
"오늘은 날씨가 아주 좋습니다. 여러분들 옷차림도 날씨만큼이나 화사하고 아름답습니다."

사람들은 발표하는 사람이 자신보다 지식이 더 많거나 똑똑한 사람이라고 인정을 하지만 그렇다고 발표자 스스로가 자신을 '아주 특별한 사람' 인양 행동하거나 말하는 것은 좋아하지 않는다.

단적인 예로 유명 정치인이 발표자로 나섰다고 치자. 넥타이를 만지면서 그가 시작하는 말이 "저는 엄청나게 많은 노력과 고생을 하여 지금의 자리에 섰고 보통사람들은 상상할 수 없을 만큼 바쁘게 움직입니다"면서 목소리는 한껏 콧대를 세운 듯한 톤이었다. 듣는 사람들의 대부분은 거부 반응을 하게 되는 것이다. 차라리 그가 동네 수퍼마켓아저씨 같은 편안한 미소를 던지면서 밝지만 정감이 묻어나는 말투로 "추석이 며칠 남지 않았습니다. 고향에들 가십니까? 저도

고향에 갈 생각인데 이거 차가 많이 막힐까 걱정스럽습니다. 즐거운 명절이 다가오고 있는 시점에서 오늘은 정치 얘기는 하지 않으려고 합니다. 여러분들께 건강에 대한 강의로 선물을 하려고 합니다."라고 했다면 청중들은 즐겁고 편안한 마음으로 그를 받아들일 것이다.

자연스럽다는 것 그것은 거짓없이 솔직하며 인간적인 냄새가 풍겨나는 것 바로 그런 것이다.

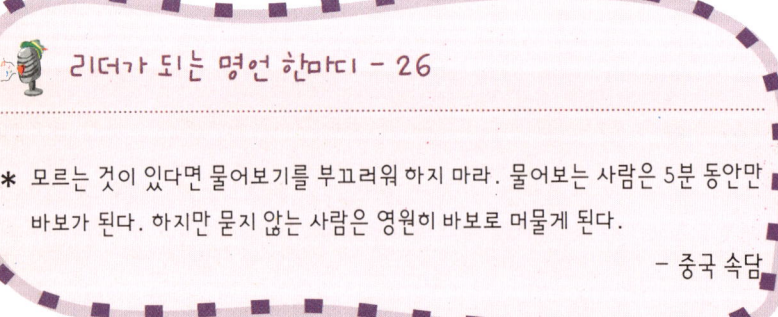

리더가 되는 명언 한마디 - 26

＊ 모르는 것이 있다면 물어보기를 부끄러워 하지 마라. 물어보는 사람은 5분 동안만 바보가 된다. 하지만 묻지 않는 사람은 영원히 바보로 머물게 된다.

－ 중국 속담

친구를 만나러 서점으로 가자

운동을 잘 하는 선수들은 항상 운동만 하고 지낼까?

언젠가 동료 축구 선수가 박지성 선수를 칭찬하면서 평소에 박지성 선수는 책을 즐겨 읽는다고 하였다.

운동 선수가 운동만 잘 하면 되지 책 읽을 필요가 있을까, 그리고 운동 연습하기도 바쁠 텐데 언제 책을 읽고 있지

하는 생각이 들 수도 있다.

경기를 할 때 몸만 열심히 뛴다고 잘 할 수 있는 것은 아니다. 몸으로 무작정 뛰기 전에 어떤 방법으로 어떻게 공격해야 점수를 낼 수 있고, 상대방의 수비를 어떤 식으로 뚫고 나가야 되는지 항상 생각을 해야 한다.

생각을 많이 한 사람이 말하는 것을 들으면 그 말에 철학이 담겨 있을 정도로 훌륭한 점들이 많다.

누군가에게 나의 생각을 발표할 때나 행동으로 보일 때도 책을 많이 읽은 사람은 이미 책 속에 등장한 수많은 주인공들을 통해 많은 경험을 하게 된다.

우리 앞에 놓인 이 세상은 항상 즐거운 일만 생기는 것이 아니다. 생각지도 못했던 일이 생기기도 하고 어려운 일을 만나기도 한다. 그럴 때마다 당황하지 않고 나의 생각을 좀 깊이 하면 우리는 아무리 험난한 길도 잘 뚫고 나아갈 수 있다.

사람들에게 나의 생각을 발표하다가 갑자기 생각하지도 못했던 질문을 받았을 때 순발력있게 대답할 수 있기 위해서는 평소에 많은 책을 읽고 그 속에서 수많은 사람들과 만나는 훈련이 되어 있어야 한다.

이러한 일은 우리가 친구들을 만나 재미있게 놀 때처럼

책을 가까이 하면 되는 것이다.

훌륭한 지도자나 위인들의 공통점을 살펴보면 항상 책을 친구처럼 끼고 다녔다는 것이다.

그런데 어떤 책을 읽어야 할까?

갑자기 어려운 책을 읽으면 무슨 말인지 모르고 책에 대한 흥미를 잃을 수도 있다. 내가 가장 재미있어 하는 것, 흥미가 있는 것에 관한 책을 읽기 시작하면 된다.

친구는 하루만 만나고 끝내는 사이가 아닌 것처럼, 책도 마찬가지이다. 보고 싶을 때 꺼내서 보고, 궁금할 때 찾아서 보고, 심심할 때 손을 내밀어 만날 수 있는 친구처럼 책도 그렇게 가까이 하면 되는 것이다.

더구나 책은 멋진 친구여서 삐지거나 화를 내지 않고 항상 그 자리에서 내가 손을 내밀기만 기다리고 있다.

책이 가장 많이 있는 곳은 도서관과 서점이다.

도서관에서 친구들도 만나고 책도 만나면 어떨까. 친구들과 만나는 장소를 도서관이나 서점으로 정하는 것이다. 가까운 곳에 도서관이 없는 친구들은 서점으로 가자.

책들이 가득 꽂혀 있는 곳에 서서 책 속의 주인공들과 대화를 나눠보는 것도 즐거운 일이 된다.

수많은 주인공들이 들려주는 이야기는 하나하나 나의

How

것이 되어 훌륭한 사람으로 자랄 수 있도록 도와주는 것이
다.

이제 멋진 친구 하나 사귀러 가자.

 리더가 되는 명언 한마디 - 27

* 인생은 그가 노력한 만큼 그 몫을 받게끔 되어 있다. 힘들이지 않는 자에게는 아무
것도 주어지지 않는 것, 그것이 자연의 법칙이다.

　　　　　　　　　　　　　　　　　　　　　　　　　　- 호레스

How

한 마리의 개미가 한 알의 보리를 물고 담벼락을 오르다가
예순아홉 번을 떨어지더니 일흔 번째에 올라갔다.
이것이 바로 오랫동안 변치 않는 성공 비결이다.

아나운서　손석희
　　　차분한 목소리 명확하고 바른 말은 그의 무기

성전문 상담가　구성애
　　　솔직 담백하게 말하는 청소년 '아우성'의 대모

개그맨　배칠수
　　　거침없이 내뿜는 성대모사의 달인

개그맨　김제동
　　　소박하고 친근한 이웃집 형 같은 재담꾼

철학가 도올　김용옥 교수
　　　해박한 지식, 특유한 목소리 톤과 어휘의 주인공

부록
화술의 달인들

방송인 오숙희
    수다 떨면서 행복해 하는 아줌마

힐러리 클린턴
    남편을 대통령으로 만든 여장부

오프라 윈프리 (Oprah Winfrey)
    세계에서 가장 유명한 토크쇼 진행자

윈스턴 처칠(Sir Winston Leonard Spencer Churchill)
    유머와 화술 뛰어났던 제2차 세계대전의 영웅

아나운서 손석희
차분한 목소리 명확하고
바른 말은 그의 무기

요즘 '손석희스럽다'라는 말이 유행이다. 이 말은 검사처럼 명확하고 간결하게 말한다는 뜻으로 아나운서 손석희의 시사프로 진행 솜씨를 보고 사람들이 그를 칭찬해 만든 신조어이다. 그만큼 논리적으로 생각하고 말한다고 볼 수 있는 것이다.

그는 1984년 문화방송에 입사하여 아나운서 생활을 시작했다. 처음 방송을 시작했을 때 그의 잘 생긴 외모로 많은 사람들의 시선을 받았다. 그러나 그의 외모가 전부는 아니었다. 그의 차분한 목소리에 담긴 명확하고 바른 말의 힘, 그것이 그의 주 무기였던 것이다.

2005년 2월 일본이 독도 영유권을 주장하고 나섰을 때의 일이다. 물론 일본의 이런 망언들은 한두 번 있었던 일은 아니다. 예전부터 일본은 동해를 일본해로 표기하고 우리의 독도를 자신의 땅이라고 주장해 왔었다. 그러던 지난 2월 16일 일본의 시마네현 의회가 독도를 자신의 행정구역이라고 선포한 다케시마의 날 조례를 발표했으며, 독도가 일본 영토라고 주장한 일본 대사의 망언으로 우리 나라 전역에선 가슴을 치며 억울함에 분통을 터트리는 사람들이 많았다. 국민들의 마음이 좀처럼 진정되지 않는 상황에서 국민들의 가슴을 시원하게 풀어준 사건이 있었는데 그것이 바로 MBC 문화방송의 프로그램, '100분 토론' 이었다. 사회자 손석희는 일본 시마네현 의회 조다이 요시로 의원의 독도 영유권 주장에 철저한 논리로 조목조목 반박해 이를 지켜보던 국민들의 가슴을 후련하게 했던 것이다. 국민들 대부분은 2002년 월드컵 4강의 신화보다 더 통쾌한 사건으로 기억하게 되었던 것이다.

그는 그동안 문화방송 라디오 프로그램 '시선집중'과 TV 토론 프로그램 '100분 토론'에서 기막힌 순발력과 촌철살인의 말솜씨로 찬사를 받아오던 중이었고 이후 2월 28일 아나운서국 국장으로 승진해 더욱 화제가 되었다.

그의 간결하지만 정곡을 찌르는 말솜씨는 비단 이 사건으로 알려진 것은 아니다. 그는 2001년 개고기를 먹는다는 이유만으로 한국을 비하한 프랑스 여배우 브리지트 바르도와 가진 전화 인터뷰에서도 그의 날카로운 말솜씨를 유감없이 발휘했던 것이다.

결국 브리지트 바르도는 자신의 발언이 손 아나운서의 논리에 철저하게 반박당하자 일방적으로 전화를 끊으면서 불쾌감을 표시하기도 했다. 이런 반응에 손석희 아나운서는 "한국인이면 몰라도 프랑스, 미국인은 결코 개고기를 먹지 않는다고 강변한 브리지트 바르도는 동물애호가라기보다는 차라리 인종차별주의자라는 결론을 얻게 된다"라면서 마지막 일침을 놓았다.

그의 활약은 여기서 끝나지 않았다. '손석희 어록' 중에서 사람들의 입에 가장 많이 오르내리는 말은 바로 "알면서 왜 하셨습니까?"였다. 지난 2004년 3월 '100분 토론'에 출연한 한나라당 정광근 전 의원이 "탄핵안 가결은 지지세력을 결집시키기 위한 노무현 대통령의 정략이다. 탄핵을 기다리면서 버티기 하고 있었던 것이다."라고 말하자 손 아나운서는 "알면서 왜 하셨습니까?"라고 말하여 장 전 의원을 당황시키기도 했다.

그의 논리적인 발언들은 지위고하를 막론하고 계속 이어졌다.

박근혜 한나라당 대표와 라디오 프로그램에서 '대판' 싸울 뻔한 일도 있었다. 두 사람은 기업규제 타파 등 경제문제 해결방법을 놓고 대화하는 도중 신경전을 벌이다 말싸움 직전까지 갔었다. 손 아나운서가 박 대표의 의견에 계속 다른 의견을 달자 박 대표가 "지금 저하고 싸움 하자는 거예요?"라고 말하며 불쾌감을 표시했고, 손 아나운서는 "그렇진 않습니다. 질문을 바꿔보겠습니다."라고 상황이 악화되는 것을 피했다.

이처럼 손석희 아나운서는 칭찬만 하거나 긍정적인 대답만을 이끌어내는 방송 진행의 방법을 벗어버리고 보다 공격적인 인터뷰 방법을 보여줘 청취자 및 시청자들로 큰 인기를 끌고 있는 것이다.

이러한 그의 언변이나 모습으로 정치계에선 손석희 모

시기에 나서고 있으나 그는 방송인으로 남고 싶다는 의사를
표시하고 방송에 전념하고 있으면 앞으로도 그의 시원하고
논리적인 말솜씨를 계속 지켜볼 수 있을 것으로 기대된다.

■ 프로필

생년월일 : 1956년 6월 20일 출생
학력 : 1975. 휘문고등학교 졸업
　　　1982. 국민대학교 국문학 학사 졸업
　　　1991~1999. 미네소타대학교 대학원 저널리즘 석사 취득
경력 : 1984. 문화방송 아나운서 입사
　　　1989. 11 ~ 1992. 10 문화방송 노조 교육문화부장, 대
　　　　　　　　　　　외협력위 간사
　　　1999. 4 ~ 2002. 3 문화방송 아나운서국 차장
　　　2003 ~ 2005. 3　문화방송 아나운서국 아나운서1부
　　　　　　　　　　　부장대우
수상내역
　　　1995. 제22회 한국방송대상 아나운서 상
　　　2003. 한국 아나운서 대상
　　　진행프로그램
　　　문화방송 TV 프로그램 '100분 토론'
　　　문화방송 라디오 프로그램 '손석희의 시선집중'

성전문 상담가 구성애
솔직 담백하게 말하는
청소년 '아우성'의 대모

     우리에게 성 전문 상담가로 잘 알려진 구성애 아줌마. 구성애 아줌마를 처음으로 알게 된 것이 대략 1998년 성교육 방송을 통해서다. 성이란 것이 남에게 내놓고 말하기 힘들었던 시기에 솔직하고 대담하게 성에 대해서 이야기 꺼내 아름다운 성에 대해서 그리고 바람직한 성 문화를 알리고자

노력해 왔으며 여전히 애쓰고 있다. 그녀의 말솜씨는 약간은 거칠어 보이지만 대담하고 솔직하게, 그리고 다른 사람들이 공감할 수 있게 말하는 것에 있다. 그리고 자신이 알고 있는 성에 대한 지식을 정확하고 이해하기 쉽게 전달하려고 한다.

구성애 아줌마는 우리가 알듯이 텔레비전에 출연하기도 하지만 주로 많은 사람들이 그녀의 강연을 듣기 위해 초청을 하고 강연을 듣는다. 그래서 그녀는 자신의 강연을 듣는 사람들에게 보다 쉽고 편안하게 이해시키기 위해 자신이 경험한 아픈 기억조차 망설이지 않고 말한다.

그녀의 말에는 힘이 있다. 우선 듣는 사람들에게 편안함을 주지만 자신감을 가지고 큰 목소리로 사람들을 압도한다. 사실 보통 사람이라면 기억하고 싶지 않은 기억이었을지 몰라도 그녀는 자신의 그러한 경험들이 강연을 듣는 사람들에게 도움이 될 것이란 확신을 가지고 말한다. 그녀의 말에 힘은 여기서 나오는 것이 아닐까?

그리고 사람들 앞에 서서 강연을 할 때 듣는 청중의 나이때나 관심사에 맞게 주제를 정하고 그들에 피부로 느낄 수 있는 실제 예를 들어서 사람들이 이해하는데 도움을 주려고 노력한다. 청소년들에게 성교육을 진행할 때는 자신의 아들이 청소년기에 보였던 성에 대한 관심부터 성과 관련된 행동들까지 모든 것을 숨김없이 말하여 "엄마! 방송에서 저에 대한 이야기는 그만 해 달라."는 아들의 핀잔 섞인 투정을 수도 없이 들었다고 한다. 그리고 어른들을 위한 강연 같은 경우에는 남편과의 관계에 대해서도 얘기해 남편이 일하는데 아줌마의 강연 때문에 힘들었던 적도 있다고 말한다. 한 마디로 그녀의 가족은 구성애 아줌마 강연의 주된 내용이 되었던 것이다.

또한 구성애 아줌마 말은 솔직하고 꾸밈이 없다. 사람들은 다른 사람 앞에서 말을 할 때 자신의 생각을 좀 더 아름답게 보이기 위해서 말을 꾸미는 경우가 많이 있는데, 그런 경우 자칫 말이 길어지고 결국엔 말의 중요한 뜻이 흐려지는 경우가 있지만 아줌마는 자신이 하고자 하는 말을 꾸밈없이 솔직하게 말하여 사람들의 공감을 얻게 된다. 자신이 느끼며 생각하던 것을 그녀가 대신 말해 주니 얼마나 후련하고 좋을까? 그래서 그녀에 대해 사람들이 좋아하는 것이 아닐까?

또한 구성애 아줌마는 자신감을 가지고 다른 사람들 앞에 선다. 물론 자신감을 갖기 위해서 관련 지식들을 많이 가지고 있어야 함은 물론이다. 그녀는 간호학과를 졸업하고 조산소에서 근무하면서 많은 아이들의 출산을 보아왔으며 지역 여성 모임 활동에 참여하여 많은 여성들을 만나고 또한 그녀들의 고민 상담을 해주면서 서로 위로하고 함께했다. 이러한 것들이 그녀에겐 힘이 되었을 것이다. 이렇듯 자신감을 가지기 위해서 부단한 노력은 필수였다.

자신감을 가지고 큰소리로 솔직하고 대담하게 말하는 것이 그녀의 모습이며 앞으로도 우리 나라 바른 성문화를 이끌어 갈 구성애 아줌마의 활약을 기대해 본다.

■ 프로필

출생연도 및 출생지 : 1956년 2월 20일 서울 출생
학력 : 1979년 연세대학교 간호학과 학사
가족사항 : 남편과 아들
경력 : 1980 ～ 1986 카톨릭 여성 농민회, 부산여성회 간사
　　　 1998 ～ 　　　 교육부 성교육 특별위원
　　　 2001 ～ 　　　 아우성 소장

방송출연 : 1998 MBC 청소년을 위한 구성애의 아우성,
　　　　　 1998 MBC 구성애의 아우성 진행.
　　　　　 1999 SBS 우리 아이들의 성 진행.

개그맨 배칠수
거침없이 내뿜는 성대모사의 달인

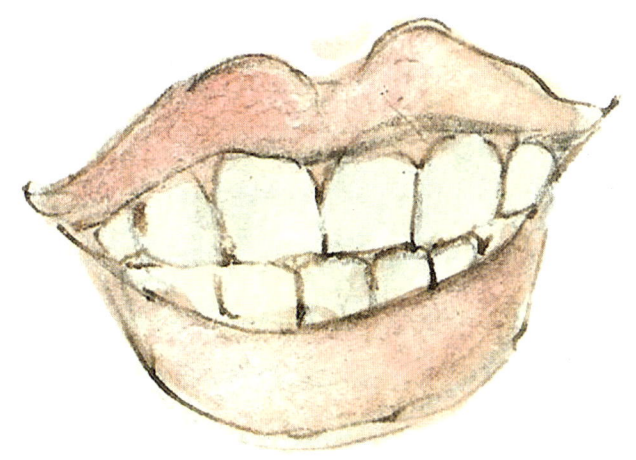

"여보세요. 어이 조지 부시~, 나야."

　이렇게 시작하는 전화 통화 형식의 코미디를 다들 한번 쯤은 들어보았을 것이다. 이 코미디는 하루 사이 1000만 명 이 넘는 누리꾼들이 전해 들었을 정도로 화제를 모았으며 이 목소리의 주인공이 누구인지 궁금해 하기도 했었다.

화술의 달인들

그렇게도 궁금해 하던 그 목소리의 주인공은 렛츠뮤직에서 '배칠수의 음악텐트'를 진행하던 배칠수 씨였다. 물론 김대중 전 대통령의 목소리만을 흉내 내는 것은 물론 아니다. 가수겸 DJ로 활동중인 배철수 씨의 목소리를 그대로 따라하며 그의 라디오 프로그램 '배철수의 음악캠프'를 모방한 '배칠수의 음악텐트'를 진행했던 것이다. 배철수의 목소리를 완벽하게 따라하여 누가 진짜 배철수인지 사람들을 혼동하게 만들기도 했다. 그의 성대모사 능력은 여기서 그치지 않는다. 김대중 전 대통령이나 노무현 대통령의 목소리도 똑같이 따라하였으며 그 외에 여러 정치인들의 목소리를 완벽히 흉내내기도 했다.

그런 그가 처음 방송과 인연을 맺게 된 것은 1997년 7월에 열린 보이스 탤런트 선발대회에서 배철수 씨의 성대모사로 대상을 받으면서였다. 그 일을 계기로 MBC 라디오 프로그램 '별이 빛나는 밤에'에 고정 출연자로 나서게 되었다. 라디오 프로그램에 출연하면서 인터넷 방송 렛츠뮤직에서 자신의 이름을 걸고 프로그램을 진행하게 되었다. 이렇게 차츰차츰 방송가에 자신의 자리를 넓혀가고 있다.

그가 방송을 처음 하게 된 것은 그의 특별한 능력인 성대모사 때문이었다. 그러나 지금까지 그가 방송생활을 할 수 있었던 것은 성대모사뿐만 아니라 그의 특별한 말솜씨 때문이었다. 그는 주로 사회 전반적인 문제나 정치권의 문제, 혹은 정치인들의 잘못된 점을 꼬집어 사람들에게 알려주는 시사 코미디 프로그램에 자주 등장한다.

물론 사람들을 웃기는 개그맨을 하고는 있지만 자신의 코미디를 보고 웃음으로 넘기기 보단 그 웃음을 통해서 사람들이 바르게 살기를 바라는 듯하다. 그가 주로 하는 것이 시사 코미디나 시사 프로그램에 출연하다보니 그의 말에는 날카로움이 있다. 사람들이 그냥 지나쳐 버릴 수 있는 사실들을 남들과는 다른 시선으로 보고 그 시선에 바탕을 둔 그만의 생각들을 말로 표현한다. 그런 그의 대표적인 예가 '우리 소리를 찾아서' 라는 코미디 코너였다. 우리 나라의 경우 국력이 약해 세계 강대국의 간섭을 받아왔던 것과 지금도 받고 있는 것이 사실이다. 그러나 그는 이 코너에서는 김대중 대통령의 목소리를 빌어 미국 조지 부시 대통령에게 호통을 치거나 아니면 조롱을 하거나 심한 경우 욕까지 하며 국민들을 통쾌하게 만들어 주었다. 또한 국내의 바르지 못한 정치인들의 행동들을 철저하게 비꼬면서 그들에게 일을 제대로 하고 경고를 보내기도 했다. 그런 그의 말솜씨는 사람들에게 경각심을 불러 일으켜 바르게 살도록 유도하는 것일지도 모

화술의 달인들

른다.

　그런 그의 말솜씨에 힘입어 현재 MBC 라디오 '최양락의 재미있는 라디오', SBS 라디오 '배칠수 전영미의 와와쇼' OCN의 '패러디 오방불패' 등 무려 7개 프로그램에 출연하고 있다.

　그의 거침없는 말솜씨의 끝이 어디인지 무척 궁금하다. 그의 앞으로의 발걸음을 주목해 보아야 하지 않을까?

■ 프로필

　출생 : 1970년 출생
　직업 : 개그맨
　가족사항 : 부인과 슬하에 1녀
　경력 : 배칠수의 음악텐트 DJ
　　　　SBS 라디오 김학도 배칠수의 와와쇼 DJ
　　　　SBS 라디오 배칠수 전영미의 와와쇼 DJ
　　　　펀케익닷컴 배칠수의 펀케익쇼 DJ
　　　　경제뉴스채널 MBN 배칠수의 주식펀치 DJ
　　　　SBS 생방송 한밤의 TV 연예 리포터
　출연작 : MBC 코미디하우스, SBS 생방송 한밤의 TV연예 등
　　　　　다수.
　수상경력 : 1997 수퍼 보이스 탤런트 선발대회 대상
　　　　　　2003 SBS 연기대상 라디오 부문 우수상

철학가 도올 김용옥 교수

해박한 지식, 특유한 목소리
톤과 어휘의 주인공

텔레비전을 보면 흰 두루마기를 입고 혹은 검은 두루마기를 입고 빡빡 밀어버린 머리를 한 어른이 열변을 토하면서 강의하는 것을 종종 볼 수 있다. 보통사람들과는 무척 다른 독특한 목소리로 정말 열정적으로 강의한다.

저 사람이 누굴까?

텔레비전 특강을 통해서 많은 사람들이 알고 있는 도올 김용옥 교수다. 그는 무척 특이한 이력을 가지고 있다. 처음 대학에 들어갔을 땐 고려대학교 생물학과에 진학했으나 한국 신학대학을 거쳐 고려대학교 철학과를 졸업하게 된다. 그리고 타이완대학교 대학원과 도쿄대학교 대학원에서 철학 석사가 된다. 하버드 대학교 대학원에 진학해서 중국철학 박사학위를 얻게 되고 후엔 원광대학교 한의대를 졸업하여 한의사의 길을 걷기도 했다. 또한 기자로써 활동하며 신문에 컬럼을 기고하기도 했고, 극단의 단원으로 활동하기도 했다.

이렇듯 그의 다양한 활동은 그에게 보다 넓은 세상을 경험하게 했고 그로 인해 그의 강의가 생명력을 얻었다. 그리고 그의 그러한 경험에 동양철학 특히 중국철학과 한의학을 공부한 사람으로써의 전문지식이 함께하여 많은 사람들에게 자신의 지식과 견해를 설명할 수 있었다.

그가 SBS 방송에 나와 한의학에 관한 강의를 할 때부터 그의 말솜씨는 독특하고 힘이 있었다. 그만의 특유한 목소리 톤과 어휘로 사람들의 시선을 받은 것은 어쩌면 당연하다고 할 수 있다. 그래서 그는 여러 방송국에서 특강을 하게 되었고 한의학 강의가 아닌 철학 강의를 하였다. 김용옥 교수가 진행하던 텔레비전 강의 중에서 가장 많은 사람들이 듣고 그가 많은 사람들에게 알려지게 된 것은 중국의 철학자 노자에 대한 강의를 하면서부터였다. 여기서도 그의 힘 있고 까랑까랑한 목소리와 철학에 관한 그의 해박한 지식과 시청자들이 이해하기 쉽게 설명하는 그의 어휘는 시청자의 시선을 사로잡았고 그의 강의는 높은 시청률을 자랑했다. 그런 이유로 그의 강의는 여러 방송국을 통해서 시청자들에게 전달되었고 그로 인해 그의 강의를 명 강의라 생각하는 사람들이 많아졌던 것이다.

그는 방송 출연뿐만 아니라 책을 쓰는 일에도 힘을 쏟아 철학서를 비롯해서 역사서 등 많은 책을 펴내기도 했다. 그래서인지 많은 사람들이 그가 방송에서 했던 말들로 어록을 만들어 그의 생각들에 함께하고 있다.

이제 김용옥 어록이라고 하는 그의 말들을 몇 가지 들어보자.

"철학은 보다 보편적인 것을 지향하지만 아주 절대적인 것을 주장하지는 않습니다. 우리는 절대의 추구라는 것에서 해방되지 않으면 인간과 우주에 대한 진실의 상당 부분을 잃어버리게 되거나 영영 못 보게 되고 맙니다. 그리고 철학은 정직해야 하기 때문에, 모르는 것을 모른다고 말하는데 주저

해서는 안 됩니다. 모르는 것을 정확하게 아는 것, 즉 모르는 것을 어디까지 모르는가를 정확히 아는 것처럼 정확한 앎은 없기 때문입니다."

"철학은 상식의 긍정이며 확인입니다. 결국 상식의 끊임 없는 새로운 해석입니다."

"학문하는 자세의 첫째는 호기심이 있어야 하고, 둘째는 자존심이 있어야 하며, 셋째는 고독을 즐길 줄 알아야 한다."

"나의 철학은 종교를 믿지 말라는 것이 아니다. 그러나 모든 믿음은 강요될 수 없으며, 철학적 성찰을 거쳐야 한다. 철학은 하나의 과정이다. 철학의 종국으로 독단을 선택할 수 도 있다. 그러나 철학 없는 독단은 맹신이며 죄악이다."

"도(道)는 길이다. 길은 자연스러운 흐름이며, 질서며, 미래를 예측할 수 있는 법칙이다."

"모든 과학도 결국엔 인간을 연구하는 인간학이다."

등등 그의 철학에 대한 생각들이 결국엔 인간을 사랑하고 연구하는데 있다고 보인다.

출생 : 1948년 6월 14일 충청남도 천안 출생
직업 : 대학교수, 철학자, 기자, 문화예술인, 한의사
가족사항 : 부인과 1남 2녀
소속 : 현 순천향대학교 인문학부 석좌교수
학력 : 1972년 고려대학교 철학 학사
1974년 타이완대학교 수학
1977년 도쿄대학교 대학원 중국철학 석사
1982년 하버드대학교 대학원 박사
1996년 원광대학교 한의학 학사
경력 : 서울대 천연물과학연구소, 중앙대 한의대, 용인대 철학과
강사
1982 ~ 1986 고려대학교 문과대 철학과 부교수
1987 ~ 극단 〈미추〉단원
1996. 9 ~ 1998. 6 도올한의원 원장
1998. 8 ~ 하버드대학교 의대 신경생물학교실 연구교수
2002. 12 ~ 2003. 8 문화일보 편집국 기자
2003. 9 ~ 중앙대학교 교양학부 선택교양과목 역사와
인간 강의
출연작 : 1997년 SBS 명의특강, 건강하십니까
1999년 EBS 알기 쉬운 동양고전 노자와 21세기
2001년 KBS 도올의 논어 이야기
2002년 EBS 도올, 인도를 만나다
2004년 MBC 우리는 누구인가
저서 : 도올논어 1 (2000. 10), 나는 불교를 이렇게 본다
(2000. 3), 노자와 21세기 1 (1999. 11), 태권도철학의
구성원리 (1999. 4) 등.

연예인 **김제동**

소박하고 친근한
이웃집 형 같은 재담꾼

    요즘 TV를 보면 이웃집 오빠 같은 편안한 외모에 결코 강요하지 않는 담백하고 진실한 웃음을 선사하는 사람이 있다. 그는 남들의 시선을 사로잡는 그 잘난 외모를 가지고 있는 것도 아니다. 하지만 그의 말 속에는 사람의 마음을 끌어당기는 매력과 따스함이 묻어나고 있는 것은 분명해 보인다.

그가 바로 김제동이다.

　우선 김제동에 대해서 생각해 보면 수선스럽지 않다. 차분하다. 이런 말들이 생각날 것이다. 그리고 말을 정말 잘 한다는 것. 그가 처음 사람들에게 알려진 것은 한국방송공사 KBS 예능 프로그램인 '윤도현의 러브레터의 리플해 주세요' 라는 코너를 통해서였다.

　그러나 그가 처음 시작한 일은 레크레이션 강사였단다. 그 일은 많은 사람들을 상대로 모든 순서를 진행해 나가야 하는 일로 남들을 압도할 수 있는 그런 말솜씨를 가지고 있어야 했다. 자신의 일에 최선을 다하던 그에게 윤도현 밴드의 콘서트 사회를 보는 기회가 주어졌고 이 기회를 통해서 윤도현과 친분을 갖게 되고 윤도현이 진행을 맞고 있는 '윤도현의 러브레터'의 사전MC, 일명 방송 전 분위기를 살려주는 '바람잡이'를 하게 되었던 것이다. 그후 자신을 알리게 된 '리플해 주세요' 라는 코너를 맞게 된다. 그는 이 코너를 통해서 자신의 말솜씨를 유감없이 발휘하게 되었다. 한 시청자의 고민을 여러 시청자들과 함께 의견을 나누고 김제동이 리플들을 정리하고 결론을 내리는 형식으로 진행되어진다.

　그가 사람들에게 들려주는 이야기들은 듣는 이로 하여금 다시 한 번 곱씹게 만드는 묘한 마력이 있어, 그의 이러한 말들은 사람들에게 공감을 불러 일으키기에 충분했으며 '김제동 어록'이라는 신조어를 만들어 내기도 했다. 그는 항상 몸보다는 당시 상황과 함께한 출연자의 특성을 정확하게 파악, 기막힌 상황 묘사나 인물 표현을 하는 풍부한 언어 구사력과 표현력으로 프로그램을 진행해 나갔다. 그리고 함께 출연하는 출연자에게 자신을 철저하게 낮추는 겸손한 진행을 한다. 그래서 나이든 어른 시청자나 장애인, 그리고 불우이웃 등 어려운 상황의 출연자들도 김제동의 진행에 부담을 느끼지 않고 방송을 하게 된다는 것이다.

그는 말만 잘 하는 그런 방송인은 아니다. 그에겐 따뜻한 마음도 있다. 첫 방송이자 데뷔무대였던 '윤도현의 러브레터'의 방송을 끝내는 날 자신에게 사랑을 준 시청자 앞에서 눈물을 보였다. 고마움의 눈물이었으리라. 또한 함께 일하는 동료들의 경조사에도 빠짐없이 참석하는 동료애의 소유자이기도 하다. 자신에게 베풀어준 사랑을 다음 사람에게 다시 전달하겠다는 그의 생각, 그가 따뜻한 마음을 가졌다는 것을 알게 하는 증거가 아닐까?

그는 뛰어난 말솜씨뿐만 아니라 이와 같은 겸손한 태도로 공익성과 오락성을 함께 공존하는 프로그램에 많이 출연한다. 물론 여러 다른 프로그램에서도 출연 요청을 했으나

그가 선택한 프로그램 역시 공익성과 오락성을 겸한 프로그
램들이 대부분이다. 그는 문화방송의 '느낌표'의 한 코너인
'눈을 떠요!'라는 프로그램에 GOD와 함께 진행을 맡았으며
한국방송공사의 '해피선데이'의 한 코너 '지금 만나러 갑니
다.'에 출연한다.

　'눈을 떠요!'는 시력을 잃어가는 사람들에게 각막이식수
술을 해줌으로써 다시 세상의 빛을 볼 수 있도록 하는 프로
그램이다. 여기서도 그의 뛰어난 말솜씨는 사람들의 눈물을
자극하기에 충분하다. 어려운 이웃들을 돌아보고 그들에게
새로운 세상의 빛을 전달함과 동시에 희망의 메시지도 전달
한다. 그의 말이 그들에겐 분명 힘이 될것이다.

　그가 진행하는 또 다른 프로그램 '지금 만나러 갑니다.'
는 해외 입양아들에게 그들의 친부모를 찾아주거나 입양 보
낸 자신의 아이를 찾는 부모들과 함께 해외로 나가 만남을
주선하는 프로그램이다. 몇날 며칠을 날아 현지로 가서 가족
의 만남을 이루어 주는 김제동은 그들의 사연에 함께 눈물을
흘리며 위로하고 때론 재미있는 유머로 웃음을 선사하기도
한다. 그리고 그들에게 만남뿐만 아니라 새로 시작될 그들의
새로운 삶에 대한 희망을 주며 방송에 생명력을 불어 넣어준
다.

이런 따뜻한 마음을 가진 그의 세련되진 않지만 소박하고 친근한 말투야말로 공익성을 추구하는 오락 프로그램에 딱 맞는 것이지 않을까. 그의 이러한 활동이 보다 낳은 사회를 만들어 갈 것이며 그의 아름다운 말들은 사람들에게 계속적인 위로와 희망을 줄 것이라고 믿어 의심치 않는다.

■ 프로필

출생연월 : 1974. 2. 3. 경상북도 영천 출생
직업 : 방송인
가족사항 : 1남 4녀 중 막내
데뷔 : 1994년 문선대 사회자
학력 : 계명문화대학 관광과
수상경력 : 2003. SBS 연기대상 TV MC부문 특별상 수상
　　　　　 2003. MBC 방송연예대상 신인상 수상
　　　　　 2004. 제40회 백상예술대상 TV부문 남자 TV예능상 수상

방송인 오숙희
수다 떨면서 행복해 하는 아줌마

방송인 오숙희, 그녀는 아줌마다. 실제로 두 아이의 엄마이면서 방송 현장에서 감칠맛 나는 이야기꺼리로 사람들, 특히 아줌마들에게 인기 많은 그런 아줌마 방송인이다. 그녀는 4년째 아줌마들과 함께하는 '수다콘서트'로 전국순회공연을 하고 있다. 이 공연을 통해 그녀는 수많은 평범한 아줌마들을 만난다. 그런 그녀가 말하는 아줌마는 이렇다.

"한 마디로 잡초예요 아무도 귀히 여기지 않고 누구도 거름 한 줌 주지 않아도 박토에서 홀로 뿌리내려 홍수에도 견디어내는 잡초처럼 경제난 속에서도 식구들 입에 하루 세 끼 밥을 넣어주는, 그리고 진정 우리 나라가 돌아가게 해주는 실질적인 힘이다."라고 말한다.

그녀가 아줌마들과 함께 수다를 떨면서 풀어나가는 수다콘서트를 잠시 엿보자.

"한 여자가 오후 5시쯤 초보운전이란 네 글자를 붙이고 차를 몰고 서울 하고도 한남대교 앞을 지나가 되었답니다. 어찌나 차가 많던지 정신을 차리지 못 하는데 갑자기 방향등도 안 켜고 차 옆구리로 파고드는 한 대의 차. 다행히 사고는 면해서 한숨을 돌리고 있는데 이번엔 뒤차가 갑자기 클랙슨을 빵빵 울려대더랍니다. 왜 끼워줬느냐 이거죠. 이렇게 진땀을 빼며 가고 있는데 옆에 차가 길을 묻는 것 같기도 하고 자신을 자꾸 쳐다보는 겁니다. 그러더니 막 삿대질을 하면서 한다는 말이…… 뭐였겠어요?"

방청객 중 한 여성이 말한다.

"집에서 밥이나 하지 아줌마가 이 시간에 왜 나와."

그러자 그녀의 재치있는 말이 이어진다.

"아니, 어떻게 아셨어요? 그때 한남대교에 계셨어요?"

오숙희, 그녀의 이같은 너스레에 사람들은 와 하하하 웃음보를 터뜨린다.

"그 일로 이 초보운전 아줌마, 집에 돌아와서는 차 열쇠를 멀찌감치 던져놓고 말았답니다. 그런데 며칠이 지나면서 억울하다는 맘이 들더래요. '내 돈으로 기름 넣고 내 손으로 운전하는데 뭐가 무서워 못 나가?' 아줌마가 뭣 때문에 차가 필요하느냐고 묻는 사람은 아줌마 아니죠? 애들 실어날라야지, 나갔다가는 밥 때 맞춰 장봐 가지고 들어와야지……. 드디어 이 아줌마는 초보운전 네 글자를 떼고 다른 네 글자를 자동차 뒷 유리창에 달고 나갔더랍니다. 뭐라고 썼을까요?"

객석에서 눈들이 빛나며 침을 삼킨다.

"밥! 해! 놨! 다!"

이번에는 박장대소, 유쾌 상쾌 통쾌한 웃음이 끊일 줄 모른다. 개중에는 눈물을 찍어내는 사람들도 보인다.

이렇듯 '이심전심' 함께 하는 동질감을 느끼게 하는 그녀의 구수한 입담. 이것이야 말로 그녀의 힘이다. 사람들이 느끼는 것을 함께 느끼고 그들이 말하지 못하는 부분을 살살 끌어주어 가슴 뻥 뚫리게 시원함을 준다. 그녀는 여자로써 여자를 대변하고 여자들과 함께 어울려 사는 그런 사회를 꿈

꾸고 있는지도 모른다. 그래서 그런지 그녀의 말 속에는 아줌마들의 맘을 헤아리는 그녀의 따뜻한 마음이 있다. 그런 그녀를 아줌마들이 좋아한다. 그래서 아줌마 사이에서는 스타다. 이러한 그녀의 말솜씨로 여성관련 토론 프로그램 방송에는 빠져서는 안 되는 그런 사람으로 자리잡았으며 현재 CBS '오숙희 변상욱의 행복한 세상'을 진행중이다. 또한 이 프로그램으로 제17회 '한국방송프로듀서상' 라디오 특집부문(CBS '오숙희 변상욱의 행복한 세상 - 겨울맞이 특별기획 '2004 한국의 사회안전망')을 수상하기도 했다.

■ 프로필

출생년도 : 1959년 인천광역시 출생
직업 : 방송인
소속 : 현 한국여성민우회 김포지부 대표
학력 : 1983년 이화여자대학교 사회학 학사
　　　이화여자대학교 대학원 여성학 석사
경력 : ～ 2005. 이화여자대학교 평생교육원 강사
　　　～ 2005. 한국여성 민우회 김포지부 대표 겸 부설 가
　　　　　족과 성상담소 소장
　　　1999.9 ～ 2000.2 방송위원회 위원
출연작 : 기독교 방송 라디오 오숙희의 정보시대
저서 : 솔직히 말해서 나는 돈이 좋다(1999. 8. 1), 딸들에게 희
　　　망을(1996. 12. 1), 그래 수다로 풀자(1997. 4. 1), 너무
　　　아까운 여자(1997. 7. 1)

힐러리 클린턴
남편을 대통령으로 만든 여장부

지금 미국은 2008년 대통령 선거에 과연 힐러리 클린턴
이 출마할 것인지, 그리고 과연 미국에서 여자 대통령이 탄
생할지 관심을 쏟고 있다.

미국내 여론조사기관인 맥럴린(McLaughlin & Associates)이
발표한 조사에 따르면 민주당원들은 힐러리 클린턴 상원의

원(뉴욕)을 대선후보 1순위로 꼽았다. 힐러리는 27%의 지지를 얻어 16%를 얻은데 그친 존 케리 상원 의원을 한참 앞섰다.

그녀는 1947년 해군 하사관 출신의 아버지 휴 로드햄과 어머니 도로시 로드햄 사이의 장녀로 태어났다. 커튼 원단 제조업자였던 아버지 덕분에 중산층의 생활을 하며 안정된 유년시절과 성장기를 보냈다. 아버지 휴 로드햄은 딸에게 칭찬을 하지 않는 것으로 유명했다고 한다. 중학교 시절 전과목 A를 받은 성적표를 들고 와서 아버지에게 보여주면 힐러리가 다니는 학교 공부가 쉬운 것뿐이라면서 기준을 더 높이 올리기만 했다고 한다. 그런 아버지의 태도를 자신에게 동기를 불어넣어 주고 싶어 했던 아버지의 마음으로 이해했지만 어린 딸에게는 그런 아버지의 태도가 역효과를 유발시킬 수 있는 요인이 될 수 있다고 여겼다.

그녀의 어머니 도로시 또한 그녀를 강한 딸로 키우려고 노력하였다. 힐러리가 어린 아이였을 때 친구로부터 맞고 들어온 적이 있었다. 그 모습을 보고 어머니는 오히려 그녀를 꾸짖으며 허락해 줄 테니 맞은 만큼 때리고 들어오라고 가르쳤을 정도였다고 한다.

어려서부터 공부벌레로 유명했던 그녀는 외모에 관심을

가지고 있는 다른 여자 아이들과는 달리 정치에 관심을 가졌다. 열렬한 공화당 지지자였던 아버지의 영향으로 열세 살 때 이미 존 F 케네디가 공화당 닉슨 후보를 물리치고 대통령에 당선되자 부정선거를 규명하는 자원봉사단에 가입해 활동하기도 했다. 그러나 그녀는 고등학교 3학년 때 모의 토론회에서 존슨 대통령 역할을 맡게 되고, 그후 마틴 루터 킹 박사 암살 사건을 비롯한 공화당의 우경화 정책을 보면서 대학 시절 민주당 지지자로 변모하게 된다.

힐러리는 명문 웨즐리 여대를 거쳐 예일대 법대를 수석으로 졸업한 뒤 변호사의 길을 걷게 된다. 아동 방위기금 회장을 맡으면서 학대받는 아동 문제에도 꾸준한 관심을 기울였다. 특히 1975년 예일대 법대 시절 대통령이 되겠다는 빌 클린턴을 만나 결혼하게 되면서 정치인의 아내로서 두각을 나타냈다.

그후 남편인 빌 클린턴이 미국 대통령이 됨으로써 영부인의 자리에 오르게 된다. 영부인으로서도 남편을 잘 보필해 훌륭한 대통령이 될 수 있도록 했다. 빌 클린턴이 대통령의 모든 임기를 마쳤을 때 그녀는 더 이상 영부인은 아니지만 새로운 한 명의 정치인으로 재탄생하게 된다. 그래서 현재 미국 상원의원으로 활동중이며 차기 대통령 선거 출마의 선두주자로 나서고 있는 것이다.

그녀의 정치적 욕심을 엿볼 수 있는 일화가 있다.

하루는 남편과 함께 주유소에 갔다가 우연히 힐러리의 예전 남자친구를 만났는데 그가 그 주유소의 사장이었던 것이다. 그래서 빌 클린턴이 그녀에게 "저 사람과 결혼했으면 당신은 주유소 사장이 되어 있겠군."라고 말하자 그녀는 이렇게 대답했다고 한다.

"아니요, 바로 저 남자가 미국의 대통령이 되어 있을 거예요."

또한 그녀는 어떠한 이익이나 특권을 배제한 하나의 인간으로 자신을 표현한다. 그녀의 저서 〈살아 있는 역사〉의 내용을 보면 다음과 같다.

'나는 퍼스트레이디나 상원의원으로 태어나지 않았다. 민주당원으로 태어나지도 않았고, 변호사로 태어나지도 않았다. 여성의 권리와 인권의 옹호자로 태어나지도 않았으며 아내나 어머니로 태어나지도 않았다. 단지 나는 20세기 중엽에 한 미국인으로 태어났다.'

PROFILE

PROFILE

PROFILE

PROFILE

■ 프로필

출생연도 : 1947년 10월 26일

국적 : 미국

가족사항 : 남편 미국 제 42대 대통령 빌 클린턴, 슬하에 1녀

직업 : 미국 정치인

학력 : 웨슬리 대학 졸업

　　　예일대학교 법과대학원 졸업

약력 : 1972년 조지 맥거번 민주당 대통령 후보 선거운동

　　　1975년 빌 클린턴과 결혼

　　　2000년 11월 뉴욕주 상원의원 당선

수상내역 : 1984년 미국 아칸소주 올해의 여성, 올해의 어머니

　　　1991년 미국의 가장 힘있는 변호사 100인에 선정

화술의 달인들

부록 197

오프라 윈프리(Oprah Winfrey)
세계에서 가장 유명한
토크쇼 진행자

오프라 윈프리는 미국을 움직이는 힘이자 막강한 상징
이다. 그녀는 불우한 어린시절을 이겨내고 보이지 않는 유색
인종에 대한 차별과 모든 역경에도 굴하지 않고 당당하게 성
공했다. 그녀는 검은 피부를 가진 흑인이었으며 풍뚱한 몸매
와 지독히 가난한 가정에서 태어났다. 9살 때 사촌 오빠에게

강간을 당하고 14살이 될 때까지 친척들의 학대를 받아왔으며, 14살에 출산을 통해 미혼모가 되었고 그 아기의 죽음을 보아야만 했다.

그러나 그녀는 현재 가장 유명한 토크쇼의 여왕으로 군림하고 있다. 패션잡지 '보그'의 패션모델이자 영화배우(아카데미여우조연상 수상)로서 자산 6억달러를 지닌 갑부다. 또 영화와 TV프로그램 제작, 출판 인터넷 사업을 두루 갖춘 '하포 엔터테인먼트 그룹'의 대표이기도 하다.

미국 시사주간지 타임은 윈프리를 20세기의 인물 중 하나로 선정하였고 경제지 포춘은 미국 최고의 비즈니스 우먼으로 선정했다. 또한 여러 가지 잡지에서 그녀는 세계에 영향력을 미치는 인물로 선정되었다.

그녀는 1986년 미국 시카고의 텔레비전 아침프로 〈에이엠 시카고〉의 진행자로 발탁되어 처음 방송에 출연하게 된다. 그녀의 프로그램〈에이엠 시카고〉는 방송 한 달 만에 같은 시간대 프로그램 중 시청률 1위를 기록하게 되었고 1년이 안되어 그의 이름을 따 제목을 바꾸게 된다. 그후 같은 이름으로 19년 동안 미국 낮 시간대 토크쇼 시청률 1위를 유지하고 있다. 미국 내 시청자만 2200만 명 정도. 물론 세계적으론 1억 명이 그녀의 쇼를 지켜보고 있다.

그런 그녀의 토크쇼가 왜 인기가 있는 것일까? 그건 그녀의 진실함이 묻어나는 말씨에 있다.

"전 흑인인데 그건 바꿀 수 없어요. 아마 뚱뚱한 것도 못 바꿀 거예요." 〈에이엠 시카고〉 오디션에서 그녀가 했다는 말이다. 이렇듯 자신을 바꾸는 대신 자신의 내면을 있는 그대로 드러내는 솔직함이 그녀를 스타로 만들어 준 것이다.

또한 그 많은 토크쇼 중에서 윈프리 쇼가 갖는 특징은 따뜻하다는 것이다. 그녀의 차분하고 친근한 말투로 내 이웃의 문제인 성폭행, 이혼, 아동문제 등 누구나 겪을 수 있으며 공감할 수 있는 주제와 사회 문제를 혼합하여 출연자와 함께 고민하고 함께 울고 웃는다. 또한 시청자들도 함께 공감하기에 충분하다. 그녀의 토크쇼 출연자는 평범한 일반 사람들이라는 것에 있다. 누구라도 함께 공감할 수 있는 삶의 이야기를 한다. 이렇듯 그녀는 사람들과 함께 이야기하고 함께 숨쉰다. 특히 95년 방송에서는 중산층 가정에 마약 사용에 관한 책 이야기 도중 자신의 마약 사용 경험을 고백하기도 했다. 자신의 지나온 과거에 대한 아픈 기억들 또한 세상을 따뜻하게 바라보는 시선을 잃지 않게 하는 것이다. 그녀의 이러한 솔직함이 사람들로 하여금 그녀를 사랑하게 만든다.

요즘은 평범한 일반 서민들과 함께 시청자들이 궁금해

하는 배우나 가수 등 유명한 사람들도 방송에 나오고 있다. 그러나 유명한 사람들이 나와도 예외는 없다. 그들의 일상속의 이야기, 혹은 그들이 느끼는 고민과 어두운 과거에 대한 솔직한 고백을 이끌어 내어 한 인간으로써의 모습을 시청자들에게 보여준다. 이러한 것은 그녀의 편안함과 배려에서 비롯된다.

그런 그녀의 말솜씨는 끊임없는 지식에 대한 열망에서 비롯된다. 그녀의 아버지는 그녀가 어렸을 때부터 하루에 한 권씩의 책을 읽도록 했다고 한다. 그 결과 그녀는 바른 언어를 사용하게 되었고 적절한 표현을 자유자재로 사용하여 토크쇼의 여왕이 되었는지 모를 일이다. 그녀의 독서습관은 좋은 책을 혼자만 아는 것이 아니고 남에게 권하기도 한다. 그녀는 '미국이 다시 책을 읽게 만들겠다.'는 다짐을 하고 실천에 옮기고 있다. "독서가 내 인생을 바꿨습니다."라는 그녀의 말이 수백만의 시청자들에게 책에 대한 관심을 불러 일으켰고 자신이 진행하는 토크쇼를 통해 사람들에게 좋은 책을 권하고 있기 때문이다. 그래서 그녀는 출판계의 마이더스의 손이라는 별명 또한 얻었다. 이렇듯 그녀의 독서습관이 그녀를 말 잘하는 똑똑한 커리어 우먼으로 탄생시킨 것이다.

PROFILE

PROFILE

PROFILE

■ 프로필

출생년도 : 1954년 1월 29일 미국 출생.
직업 : 방송인
수상내역 : 1985년 골든글로브 여우조연상 수상.
          1985년 아카데미 여우조연상 수상.

윈스턴 처칠(Sir Winston Leonard Spencer Churchill)
유머와 화술 뛰어났던 제2차 세계대전의 영웅

윈스턴 처칠은 영국의 수상으로 우리에게 잘 알려져 있는 인물이다. 그는 옥스퍼드주 블레넘궁에서 명문 귀족 말버러가(家)의 후손으로 태어났다. 해로학교에 입학 1894년 샌드허스트 육군사관학교를 졸업했다. 1897년 이후 인도 수단 등에서 육군으로 복무했다. 이어 보어 전쟁에 〈모닝포스트〉지 기자로 종군 포로가 되었다가 탈출하여 유명해졌다.

1900년 이른바 카키선거에서 보수당 하원으로 당선되고 그후 식민차관, 상공장관, 내무장관, 해군장관 등 여러 국가 기관의 수장을 두루 거쳤으며, 1929년 모든 직책에서 사퇴하고 1939년까지 글을 쓰는 것에 몰두했다. 제2차 세계대전이 일어나자 정치가로 복귀하여 해군 장관이 되었고, 1940년 채임벌린 사임 후 영국 총리가 되었다. 이 어려운 시기에 총리가 된 윈스턴 처칠은 강력한 지도력을 발휘하여 전쟁에서 승리하게 되었고, 1941년 '대서양헌장'을 선언, 전쟁 후 국제질서를 바로 세우는데 이바지하였다. 1945년 총선에서 패배하여 총리직에서 물러났다가 1951년 다시 총리가 되었고 1955년 80세의 고령으로 은퇴하였다.

그는 정치가로써 유명하기도 하지만 뛰어난 연설과 유머로 또한 유명하다. 그를 둘러싼 여러 가지 일화를 보면 그가 얼마나 뛰어난 언변가였는지 짐작할 수 있다.

제2차 세계 대전 직후 행한 그의 〈철의 장막(1946)〉 연설은 어지간한 사람들이라면 모두 알 수 있을 정도로 유명하고 그의 말솜씨를 알 수 있는 일화들은 수도 없이 많다. 또한 그는 많은 명언들도 남겼는데 아직까지 그의 명언들은 후세에 길이 전해지고 있는 것이다.

이렇듯 윈스턴 처칠은 말솜씨 좋기로 또한 유머의 달인

으로 많은 일화를 남겼다.

하루는 같은 정치인들 사이에 처칠의 늦잠 자는 버릇이 도마에 올랐던 적이 있다. "영국은 아침에 늦게 일어나는 게으른 정치인을 필요로 하지 않습니다."라고 처칠과는 생각이 다른 정치인이 점잖으나, 차갑게 그의 행동을 비꼬았다. 그러나 이에 그냥 물러설 처칠이 아니었다.

"글쎄요, 당신도 나처럼 예쁜 부인과 함께 산다면 아침에 결코 일찍 일어나지 못할 걸요."

재치 있는 처칠의 반격에 다른 정치인은 본전도 찾지 못했다고 한다.

또 한 번은 윈스턴 처칠이 미국을 방문했을 때의 일이다. 그 당시 미국의 대통령은 프랭클린 루스벨트였는데 국가 간 손님에게 제공되는 침실에 묵고 있는 처칠이 목욕 후 알몸으로 침실을 왔다갔다 돌아다니고 있었다. 그때 미국 대통령이 그의 침실을 방문하게 되었던 것이다. 이 모습을 보고 미국 대통령은 자신이 실례를 했다고 생각하고 다시 방을 나가려고 했다. 그러나 처칠은 프랭클린 루스벨트 미국 대통령에게 "영국 총리는 미국 대통령에게 전혀 감추는 게 없답니다."라며 당황스러운 상황을 역시 유머로 넘겼다 한다.

그리고 그가 한 가장 짧은 대학 졸업식 축사도 있다. 영국의 명문 옥스퍼드 대학 졸업식장에서 축사를 맡게 된 처칠은 위엄 있는 차림으로 담배를 입에 물고 식장에 나타났다. 물론 졸업식장은 열광적인 환호로 처칠을 맞았으며 이에 모자와 담배를 연단에 내려놓고 그는 청중들을 바라보았다. 사람들은 처칠의 근사한 축사를 기대하면서 모두 숨 죽이고 있었는데 그의 입에선 "포기하지 마라!" 힘 있는 첫마디가 나왔다. 이에 청중들은 그의 다음 말을 기대하며 기다렸다. 그때 "절대로 포기하지 마라!"

이렇게 다시 한 번 큰소리로 외치고 더 이상 아무 말도 하지 않고 모자를 쓰고 연단을 걸어 내려왔다고 한다.

그는 말뿐만 아니라 글도 잘 썼다. 그의 저서로는 제1차 세계대전을 다룬 《세계의 위기(1923~29)》 《나의 초년시대(1930)》 《말버러(1933~38)》 등이 있으며, 1953년에는 〈제2차세계대전(1948~53)〉으로 노벨문학상을 수상하기도 했다.

■ 프로필

출생 : 1874년 11월 30일 옥스퍼드셔에서 출생
학력 : 1895년 샌드허스트 육군사관학교 졸업
      1940년 노르웨이작전 실패를 계기로 보수당은 총리 N.
          체임벌린 대신에 그의 지도를 요망하게 되어 영
          국 총리에 취임
      1946년 미국 미주리주(州)풀턴에서의 연설에서 '철의장
          막(iron curtain)' 이라는 신조어를 만들어 냄.
저서 : 1906년 〈랜돌프 처칠경 Lord Randolph Churchill〉
      1933~1938년 〈말버러 : 그 생애와 시대 Marlborough
              : His Life and Times〉(4권)
      1948~1954년 〈제2차 세계대전 The Second World
              War〉(6권)
      1956~1958년 〈영어사용국민의 역사 A History of the
              English Speaking Peoples〉(4권)

화술의 달인들

우리에겐 언제나 충분한 시간이 있습니다.
이제부터 우리는 그것을 훌륭히 쓰기만 하면 됩나다.
우리 모두 용기내어 시작하면 됩니다.